KB104920

셜록 홈즈
다시 읽기

셜록 홈즈 다시 읽기
홈즈의 비밀을 푸는 12가지 키워드

초판 1쇄 발행 2022년 7월 25일

지은이 안병억
펴낸이 정차임
디자인 예온
펴낸곳 도서출판 열대림
출판등록 2003년 6월 4일 제313-2003-202호
주소 서울시 서대문구 연희로11자길 14-14, 401호
전화 02-332-1212
팩스 02-332-2111
이메일 yoldaerim@naver.com

ⓒ 안병억, 2022

ISBN 978-89-90989-79-6 03800

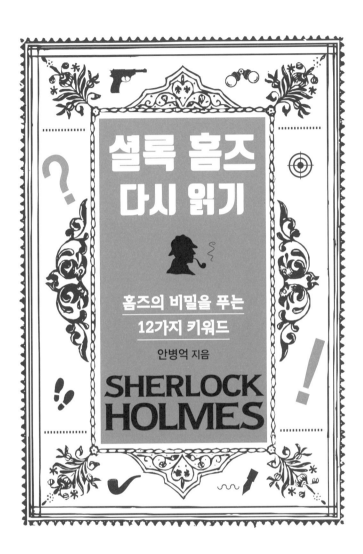

셜록 홈즈
다시 읽기

홈즈의 비밀을 푸는
12가지 키워드

안병억 지음

SHERLOCK
HOLMES

열대림

1970년대 중반이었을 것이다. 시골 초등학교 도서관에서 책 정리 당번을 맡은 적이 있다. 급우들이 읽은 책을 정리하던 중, 우연이었을까. 파이프를 물고 사냥모자를 쓴 신사가 눈에 확 띄었다. 누런 종이로 된 셜록 홈즈 문고판이었다. 어쩜 그리도 명쾌하게 사건을 해결하던지, 어린 나이에도 참 '신박'하게 느껴졌다.

까맣게 잊고 지내던 홈즈를 다시 만난 건 늦깎이 유학을 간 영국에서다. 기자 생활 10년을 접고 30대 후반에 떠난 유학길, 유럽 통합 전문가가 되려는 의욕은 넘쳤지만 녹록치 않았다. 게다가 영국의 날씨도 충충했다. 의욕에 넘쳐 시작한 9월부터 학기 중간의 3월까지 거의 매일 비가 오고 오후 서너 시면 벌써 어두컴컴해진다. 매일 내리는 가랑비에 쉽지 않은 공부로 우울해졌던 주말 오후, TV에서 셜록 홈즈를 다시 만났다. 희미한 기억의 잔상이 선명해졌다. 빅토리아 시대의 황금기를 헤집고 다니는 홈즈·왓슨 듀오. 초등학교 때와 다르게 역사적 맥락에서 되짚어 보는 사건은 새롭고 흥미로웠다. 명탐정의 활약상을 보며 위로를 받기도 했다. 그러면서 셜록 홈즈를 새로운 시각에서 해석해보고 싶었다.

셜록 홈즈 시리즈(마니아들은 이를 '경전'이라고 부른다) 60편을 다시 읽고 자서전과 전기, 관련 책과 논문 등을 본격적으로 분석하기 시작한 게 2014년부터다. 많은 자료를 정리했는데 막상 책 쓰기가 망설여졌다. 홈즈 팬이 워낙 많기 때문에 혹시라도 내 해석이 부족하지 않을까 하는 걱정이 앞섰다. 하지만 더 이상 미뤄서는 안 되겠다고 생각했다. 원래 2020년 중반에 낸 교양서 『하룻밤에 읽는 영국사』보다 홈즈를 먼저 선보이고 싶었는데 여러 사정으로 그러지 못했다. 7년 넘게 미루고 미루었던 책을 내게 되어 기쁘고 홀가분하다.

많은 사람들이 초고를 꼼꼼하게 읽고 도움을 주었다. 가장 소중한 나의 반쪽 아내 최상숙, 그리고 의대에 재학 중인 둘째아이 승환이가 처음부터 끝까지 초고를 읽고 독자 입장에서 가차 없는 코멘트를 주었다. 독약과 전염병 같은 의학 분야는 특히 아들의 도움이 컸다. 대구대학교에서 인연을 맺은 졸업생 박재성, 여동근, 재학생 소형준, 정효진, 김수민도 초고 일부를 읽고 도움말을 주었다. 책의 출간을 맡아준 열대림 출판사에도 감사의 마음을 전한다.

이 글의 일부는 '브런치'에 연재되었다. 2021년 '셜록 홈즈 이야기'란 제목으로 11편의 글이 실렸다.

5060세대가 누런 종이의 문고판으로 홈즈를 만났다면, 젊은 세대는 영화나 드라마로 먼저 만났을 듯하다. 이미 홈즈를 읽은 독자에게는 새로운 시각으로 탐정을 만나게 하고, 아직 읽지 않은 독자를 홈즈의 세계로 안내한다면 필자로서는 더 바랄 게 없다.

책은 미지의 독자와 대화를 나누는 장이다. 국내외 홈즈 팬의 코멘트나 다른 해석을 언제든 환영한다. 2016년 말부터 내가 운영해온 주간 팟캐스트 '안쌤의 유로톡'에서 연락처를 찾을 수 있다.

겨울 방학 내내 홈즈를 생각하고 꿈꾸며 살았다. 연구실에서 자료를 정리하고 분석하면서 글을 쓰고 고치기를 수십 번 반복했다. 종종 금호 강가로 나가 쌩쌩 부는 겨울 바람을 쐬며 머리를 식히고 충전했다. 전세계의 홈즈 팬들이 끊임없이 연구하고 있기에, 적절한 때에 새로운 결과를 반영한 개정판으로 다시 독자들과 이야기를 나누고 싶다.

대구대 경산 캠퍼스에서

안병억

/ 차례 /

왜 셜록 홈즈인가?

왜 130여 년 전에 등장한 인물을 21세기에 소환하는가? 구닥다리 아닌가? 영화나 방송에서 끊임없이 '우려먹고' 있지 않은가?

열혈 셜록 홈즈 팬들은 홈즈가 실존했던 인물이라고 확신한다. 그런데 이 의견이 마냥 허황된 게 아니다. 영국의 유료 텔레비전 방송국 'UKTV Gold'가 2008년 실시한 설문조사에 따르면 60퍼센트가 셜록 홈즈는 실존 인물이라고 대답했다. 19세기 중반에 태어나 20세기 중반까지 살았던 영국인이라 여긴다. 반면에 25퍼센트는 2차대전 구국의 영웅 윈스턴 처칠이 허구라고 여겼다. 유명한 정치인보다 홈즈를 더 실존 인물이라고 느끼는 영국인의 비율이 압도적으로 높다. 다른 조사에서도 영국인의 20퍼센트가 홈즈는 정말로 영국에서 살았던 사람이라고 대답했다. 10명 가운데 2명은 홈즈가 소설 속의 캐릭터가 아니라 뼈와 살을 갖고 살아 숨쉬던 인물로 생각한다. 홈즈는 이처럼 역사적 인물이 되었다.

많이 팔리는 문학 작품에는 비결이 있다. 『해리포터』나 『반지의 제왕』 시리즈처럼 명작은 독자들에게 하나의 새로운 세상을 선보인다. 독자는 책을 읽으면서 마치 자신이 이 세계의 여러 등장인물과 함께 있는 듯한 상념에 빠진다. 바로 이 점이 쉼없는 인기의 비결이다. 20세기 영국 시인 토머스 엘리엇^{Thomas S. Eliot}은 "셜록 홈즈의 가장 큰 미스터리는 그를 이야기할 때면 실존 인물인 듯한 환상에 빠진다는 것"이라고 표현했다. 추리 소설가 존 르 카레^{John le Carré}는 "어렸을 적 읽었던 홈즈를 손자와 함께 읽는 재미가 쏠쏠하다"고 고백했다.

홈즈는 영국인 가운데 가장 널리 알려진 인물 중 하나다. 이처럼 유명한 셜록 홈즈이지만 정작 문학사에서는 '폭발적인 인기를 누린 대중용 통속소설'로 치부되며 거의 대접을 받지 못했다. 계명대학교 계정민 교수는 영화비평은 문학 수업에서 자주 다루지만 범죄소설은 거의 그렇지 않았다며 문제를 제기한다. 그는 문학사에서 삼류로 취급받아온 범죄소설에 문학적 시민권을 복원해줘야 한다고 주장했다. 영국 소설가 윌리엄 서머싯 몸^{William Somerset Maugham}도 추리소설이 앞으로 사회사 연구자들에게 귀중한 자료로 활용될 것이라고 전망했다.

이 책은 이런 관점을 수용한다. 메시지는 간단명료하다. 문학 작품은 당시 사회를 반영한다는 것. 작가는 시대의 산물이고 자신이 겪은 경험과 체험을 작품에 녹인다. 따라서 창조주 코난 도일의 경험과 체험, 그리고 그 시대의 영국을 홈즈 소설에서 찾아볼 수 있다.

왜 홈즈는 단순한 탐정이 아니고 컨설팅 탐정인가? '마스터 탐정', '탐정 중의 탐정'이 컨설팅 탐정이다. 당시 부패하고 무능한 경찰이라는 시대상이 컨설팅 탐정을 만들어냈다. 19세기 말 런던은 최대의 글로벌 도시였다. 인구가 100년 만에 여섯 배 넘게 늘었다. 석탄을 마구 때 하늘이 매캐한 스모그로 뒤덮인 회색빛 도시였다. '잭 더 리퍼'(연쇄살인범 잭)처럼 범죄는 폭증하는데 경찰은 무능했다. 이때 혜성처럼 나타난 이가 셜록 홈즈다. 후덥지근한 한여름의 상쾌한 청량음료처럼 말이다. 당시 경찰과 다르게 홈즈는 과학수사를 앞장서 실천한다. 돋보기와 줄자 등의 도구를 지참하고 현장을 샅샅이 뒤져 어느 것 하나도 빠뜨리지 않는다. 사건 의뢰인의 자초지종을 듣고 가설을 세운 후 현장을 방문해 가능성이 낮은 것부터 제거해 수사 범위를 좁혀 나간다. 이러니 경찰이 홈즈에게 수사 정보를 공유하고 도움을 요청하지 않을 수 없다.

홈즈는 옥스포드나 케임브리지 대학교에서 공부한 듯하다. 총명할 뿐 아니라 데이터베이스의 '종결자'다. 일간지를 꼼꼼하게 읽어 국내외에서 발생한 범죄 관련 파일을 알파벳 순서대로 만들어왔다. 런던의 베이커 거리 221b 2층에 있는 그의 서재 한 켠을 두툼한 범죄 파일이 차지한다. 1887년 출간된 첫 작품『주홍색 연구』에서 홈즈는 이에 대해 룸메이트 왓슨에게 명쾌하게 설명한다. "수천 건의 범죄를 연구해왔기 때문에 범죄간의 유사성을 토대로 사건을 해결할 수 있다." 그는 범죄 동기의 유사성을 비교 검토하고 사건 배경을 종합해 수사를 펼쳐 나간다.

이제 장편 4편과 단편 56편으로 구성된 홈즈의 '경전'으로 탐사 여행을 떠나보자. 이 책은 12가지 키워드로 '경전'을 분석한다. 1장부터 3장까지는 홈즈의 개인적 능력에 초점을 맞춰 '컨설팅 탐정', '과학수사', '천재성' 등의 키워드로 홈즈를 살펴볼 것이다.

홈즈와 왓슨 듀오가 맹활약한 빅토리아 시대의 영국은 지구상에서 해가 지지 않는 대제국을 거느렸다. 글로벌 도시 런던. 그중에서도 자치권을 보유한 '더시티The City'에는 제국의 자금을 공급하는 금융서비스 산업이 밀집해 있었다. 제국주의로 식민지에서 돈을 번 사람들을 둘러싸고 탐욕과 욕망이 얽힌 각종 사건이 더시티를 무대로 발생한다. 4장에서 이를 다룬다.

코난 도일은 자신의 유명세를 적극 활용해 직접 홈즈가 되기도 했다. 무고한 시민이 구속되었다고 확신하자 다시 수사해 무죄를 증명하려고 무던히 노력했다. 5장 '정의'편은 홈즈가 된 코난 도일을 살펴본다.

6장에서는 경전에 종종 나오는 가정교사를 '신여성'의 시각에서 해석했다. 전통적인 현모양처형 여성상에서 벗어나 독립적인 생활을 헤쳐 나가려는 당시의 여성들은 때때로 가정교사로 일했다. 보수주의자들은 이들을 '드센 여성'이라며 빅토리아 시대의 도덕을 해친다고 비판했다.

홈즈를 실존 인물로 믿는 사람들은 아직도 그가 옥스포드 대학교 출신인지 케임브리지 대학교에서 공부했는지를 두고 끝나지 않는 논쟁을 벌인다. 7장에서 이를 파헤쳐 본다.

'마스터 범죄자', '범죄자 중의 범죄자' 모리아티는 8장 '네트워크'편에서 다룬다. 아일랜드인 모리아티 교수는 범죄 조직의 수괴이다. 거미줄처럼 촘촘하고 넓게 퍼진 범죄 네트워크의 수장인 그가 역시 폭넓은 네트워크를 보유한 홈즈와 선악의 대결을 펼친다.

제국주의 시대에는 전쟁을 빼놓을 수 없다. 제국주의와 전쟁이 9장과 10장의 주제다. 보어전쟁과 1차대전에 꼭 참전하고 싶었지만 그러지 못했던 코난 도일은 대신 당시 전쟁 상황과 자신의 가치관을 작품 속에 반영했다. 제국주의 지지자로서의 신념이 작품 곳곳에 드러난다. 특히 그는 1차대전 발발 전에 잠수함전에 대비할 것을 강력하게 요구했지만 영국 정부는 그다지 신경쓰지 않았다. 결국 영국은 이 때문에 큰 희생을 치렀고 독일의 무제한 잠수전은 미국의 참전을 불러오게 된다.

최악의 위기 때 과연 누가 영국을 도와주겠느냐며 코난 도일은 미국과의 특별한 관계를 강조하며 미국을 지지했다. "유니언 잭과 성조기를 결합한 국기를 갖고 함께 살지 말라는 법은 없을 것"이라는 '경전' 속 표현은 그의 속내를 잘 드러낸다. 당시 새롭게 부상하는 미국에 대해 영국 일부에서는 두려워하거나 껄끄럽게 생각하는 지식인들이 제법 있었다. 코난 도일은 영국과 미국의 관계가 중요함을 처음부터 명확하게 파악했다. 지금도 영국은 미국과의 특별한 관계를 적극 홍보하고 외교정책에 활용한다. 11장에서 이런 내용을 다룬다.

마지막 장은 냉철한 이성 기계이자 과학수사의 표본 셜록 홈즈를 창조한 작가 코난 도일이 왜 심령주의자가 되었는지에 대한 풀리지 않는 미스터리를 규명해본다. 그는 말년에 9만 킬로미터가 넘는 해외 강연 여행을 다니며 심령주의를 전파했다. 갖은 모욕에도 굴하지 않았다. 그는 "2000년 인류 역사에서 가장 중요한 것이 심령주의"라고 자서전에 썼다.

소셜네트워크서비스가 점점 더 위력을 떨치는 시대다. 디지털 세상에서나 오프라인 세계에서나 범죄는 더 흉폭해지고 지능화하고 조직화한다. 이럴 때마다 생각해본다.

'셜록 홈즈가 우리 곁에 있다면.'

일러두기

- 원문을 인용한 글은 모두 저자가 번역했다.
- 셜록 홈즈 시리즈('경전')는 4편의 장편소설과 56편의 단편으로 구성되어 있다. 단편집 모음은 '모험'편, '회고록'편, '귀환'편, '마지막 인사'편, '사건집'편으로 줄였다.
- 표기법은 '셜록 홈스'가 맞지만 널리 알려진 '셜록 홈즈'로 표기했다.
- 단행본과 장편소설은 『 』, 단편소설은 「 」, 신문과 잡지는 《 》, 그림이나 영화 제목은 〈 〉로 표기했다.

1장

⟨ 컨설팅 탐정 ⟩

"아마 유일한 컨설팅 탐정일 걸세"

"내가 영국을 떠나지 않는 게 최선이지,
내가 없다면 런던 경찰청은 한적할 것이고
그 틈을 노려 범죄자들이 날뛸 걸세!"

— '마지막 인사'편, 「프랜시스 커팩스 여사의 실종」

셜록 홈즈는 세계 최초의 컨설팅 탐정이다. 초유의 이 직업은 왜 만들어졌을까? 당시 글로벌 도시 런던의 상황과 저자 코난 도일의 의도가 어우러져 세상에 모습을 드러내게 되었다. 근대 계몽주의의 산물인 탐정에서 한 걸음 더 나아간 컨설팅 탐정의 세계로 들어가 보자.

/ 괴짜 룸메이트 /

셜록 홈즈는 첫 등장부터 자기 직업이 독특하다고 누누이 강조한다. 홈즈와 존 왓슨이 세상에 처음 등장한 것은 1887년 출간된『주홍색 연구』에서다. 왓슨은 군의관으로 2차 아프가니스탄 전쟁(1878~1880년)에 참전했다가 부상을 당한 채 수십 킬로미터를 도망쳐 겨우 살아 돌아왔다. 전쟁의 후유증으로 트라우마에 시달리던 그는 런던으로 와서 정처없이 배회하던 중 친구의 소개로 우연히 셜록 홈즈를 만난다. 두 사람은 방세를 아끼려고 베이커 거리 221b 2층집에서 함께 살게 된다. 노동자나 여성들, 신사들이 왕왕 홈즈를 찾아왔다. 괴짜 룸메이트의 직업을 모르던 왓슨은 어느 날 아침 이런 설명을 듣게 된다.

> "직업이 있네. 내가 아마도 유일한 컨설팅 탐정일 걸세. 자네는 이게 무슨 뜻인지 짐작하겠나? 여기 런던에는 경찰과 사설 탐정이 많다네. 이들이 수사를 하다가 헤매게 되면 내게 오고, 난 그들을 올바른 길로 안내한다네. 그들이 모든 증거를 제시하고 나는 범죄의 역사를 알고 있기에, 그들의 오류를 거의 바로잡을 수 있다네. 범죄 간에는 매우 큰 유사성이 있네. 수천 건의 범죄 내용을 상세히 알고 있다면 이를 해결하지 못하는 게 이상하지."(『주홍색 연구』 2장)

이 말에 홈즈 소설 전체를 관통하는 이야기 틀이 나온다. 그는 '탐정의 탐정', 어려운 사건의 '종결자'다. 오늘날 베이커 거리의 홈즈 집 터에 들어선 셜록 홈즈 박물관 안내판에는 주소와 함께 'CONSULTING DETECTIVE'라는 단어가 선명하게 쓰여 있다. 컨설팅 탐정은 경찰과 탐정에게 수사를 자문해주는 탐정이

셜록 홈즈와 왓슨이 함께 살았던 221b 2층집

셜록 홈즈 박물관 표지판. '컨설팅 탐정'과 주소가 보인다.(촬영 안병억)

다. 구태여 역할로 비유하자면 영화 〈스타워즈〉의 마스터 요다라고 할까? 수많은 탐정을 키워내고, 그들이 본받고 싶어 하는 큰 스승이 된 홈즈.

그런데 컨설팅 탐정이 이 소설에 처음 등장하고 선풍적인 인기를 끈 것은 당시 영국, 그중에서도 최대의 글로벌 도시 런던이라는 곳에서 그 맥락을 찾아봐야 한다. 흉악범죄가 넘쳐났지만 경찰은 정말이지 무능했다.

/ 슈퍼 히어로의 탄생 /

최초로 산업혁명을 이룩한 나라 영국은 19세기에 세계 최강대국이었다. 빅토리아 여왕의 치세 기간(1837~1901년)에 영국은 해가 지지 않는 제국으로 5대양 6대주에 식민지를 개척했다. 런던은 블랙홀처럼 영국 각지에서, 그리고 식민지에서 사람들을 빨아들였다. 이 도시는 1810년에서 1900년 사이에 여덟 배 정도 규모가 커지면서 인근 도시도 런던으로 속속 편입되었다. 이에 따라 인구는 19세기 초에 불과 85만 명에서 1900년에는 500만 명으로 폭증했다.

도시가 갑작스레 팽창하면 범죄가 늘기 마련이다. 『주홍색연구』의 배경이 된 1880년 런던에서는 일 년에 2만 3,920건의 중범죄가 발생했다. 살인이나 방화, 강도 등의 흉악범죄가 하루에 65.5건, 한 시간에 2.7건 정도 일어난 셈이다. 정확한 통계가 가능한 이유는 범죄를 수사하고 기록한 관청이 있었기 때문이다.

런던 경찰청은 1829년에 설립되었다. 초창기에는 방범과 같은 일반 경찰 업무와 범죄 수사가 명확히 분리되지 않았으나 1842년에 두 명의 수사 경찰이 임명되었고 수사국이 생겨났다. 초기에는 수사 경찰이 극소수였다. 이후 도시가 급팽창하고 범죄도 급증하면서 수사 경찰의 역할이 커졌다.

1878년에는 범죄수사국이 설치되었다. 물론 범죄인을 기소하는 형사소송법이나 사법 체계가 갖춰진 후였다. 런던 경찰청은 보통 스코틀랜드 야드Scotland Yard라 불린다. 중세 스코틀랜드 왕이 런던 방문 때 체류했던 왕궁이 이곳에 있었기 때문이다.

수사 경찰의 업무는 점점 더 많아졌지만 그렇다고 이들의 능력도 덩달아 비례한 것은 아니었다. 부실 수사나 부정부패 추문이 끊이지 않았다. 무능하고 부패한 경찰의 모습을 보여준 역사적 사건이 잭 더 리퍼Jack the Ripper, '연쇄살인범 잭'이다.

1888년 8월 31일에서 11월 9일까지 총 다섯 명의 매춘부가 살해되었다. 이 연쇄살인사건은 런던의 빈민가 이스트엔드의 한 지역인 화이트채플Whitechapel에서 발생했다. 이곳은 런던에서 최악의 빈민가이자 최고의 사망률을 기록한 지역이다. 당시 런던 인구의 3분의 일 정도가 이곳에 밀집해 살았다. 이민자들이 많이 거주했고 러시아와 폴란드 등에서 박해받던 유대인들이 그들만의 구역을 이루어 삶을 꾸려 나갔다. 수십 개의 골목이 미로처럼 복잡하게 연결되어 있었기에 범인이 이 지역을 잘 안다면 도주에도 용이했다.

이 사건은 목이 잘리고 내장이 드러난 채 시신이 발견된 잔혹한 연쇄살인사건이었다. 언론은 연이어 이 사건을 대서특필하며 '토막 살인범 잭'이라 불렀다. 영어에서 '잭'은 흔히 남성을 지칭할 때 쓰인다. 첫 피해자의 창자가 드러나 내던져졌고, 두 번째 희생자도 자궁과 성기, 방광 등의 내장이 드러나 있었다. 세 번째 희생자의 경우 마차가 마침 그곳을 지나 내장을 꺼내지 못한 것으로 보인다.

당연히 스코틀랜드 야드는 발칵 뒤집혔다. 수많은 인력을 동원해 대규모 수사를 벌였으나 아무런 성과도 거두지 못했다. 그러자 그해 10월 런던 시내에서는 무능한 경찰을 규탄하는 시민들의 시위가 벌어졌다. 시민들도 자경단을 조직해 이 구역을 순찰했으나 소용없었다. 이 지역의 벽에 "유대인은 이유 없이 비난받는 게 아니다"라는 반유대인 글이 새겨지기도 했을 만큼 민심이 흉흉했다.

이 지역에만 1,200여 명의 매춘부가 있었다. 가진 자와 갖지 못한 자 간의 갈등이 거의 폭발 직전에 이른 곳이 여기였다. 다섯 번째 연쇄살인사건이 발생하자 수사 책임자 찰스 워런 경이 사임했다. 스코틀랜드 야드는 계속 수사를 진행했지만 이 악행은 끝내 영구 미제 사건으로 남게 되었다.

언론에 대서특필된 게 이 정도다. 이전에도 이스트엔드 지역에서는 유사 사건이 다수 발생했다. 따라서 이전의 유사 사건을 추가하면 연쇄살인사건의 희생자가 더 늘어날 수 있다.

셜록 홈즈와 존 왓슨 박사는 이러한 때에 혜성처럼 등장했다. 『주홍색 연구』는 이 사건보다 일 년 먼저 출간되었지만 당시 일간지에서 흉악범 범죄 기사는 자주 보도되었다. 어려운 사건도 척척 해결하는 '종결자'라는 이미지가 첫 소설부터 확고하게 굳어졌다. 산업혁명의 절정에 있던 런던은 석탄을 연료로 써서 공기 오염이 심해 하늘이 온통 우중충했다. 이러한 때에 범죄가 난무하던 잿빛 도시에서 새로운 영웅이 탄생한 것이다. 무더운 여름날의 시원한 청량제 같은 '슈퍼 히어로' 말이다. 독자들이 홈즈에 그처럼 열광하게 된 이유다.

홈즈는 자주 경찰의 무능을 꾸짖는다. 그러면서도 대부분 사건 해결의 공은 경찰에게 돌린다. 이들과 관계를 이어가야 자신의 밥벌이나 명성도 유지되기에 그랬을 것이다. 그는 "53건의 사건을 내가 해결했는데 49건의 공을 경찰이 가로챘다"(「해군 조약문」에서)고 푸념한다. 이 장의 첫머리에 인용된 글도 홈즈의 근거 있는 자신감을 잘 보여준다.

컨설팅 탐정은 왜 필요했을까? 홈즈의 작가 아서 코난 도일의 전기를 쓴 앤드류 라이셋Andrew Lycett은 컨설팅 탐정을 코난 도일의 승부수라고 규정하며 이게 성공 포인트였다고 평가한다.

코난 도일은 잉글랜드 남부 항구도시 포츠머스의 사우스시Southsea에서 1885년 일반의로 개업했으나 수익은 그리 신통치 않았다. 틈틈이 소설을 쓰며 문단 데뷔를 갈망했다. 이름도 없는 의사가 소설을 써서 성공하려면 무언가 새로운 '필살기'가 있어야 한다. 라이셋은 코난 도일의 초고를 검토했는데 여기에서는 자문이 아니라 그냥 탐정으로 나온다. 그러다가 몇 번의 탈고 과정을 거치며 컨설팅 탐정으로 바뀌었다. 이미 유명 작가의 소설에서 탐정이 나왔기 때문에 새롭고 기발한 뭔가가 필요했다. 무능한 경찰을 앞도하는 뛰어난 능력의 소유자여야 했다.

코난 도일은 의과대학에서 공부할 때 만났던 유명한 스승에게서 홈즈의 모델을 찾았다.

당신이 만약에 병원에 들어서서 의사를 처음 만났는데 그 의사가 당신을 보자마자 다음과 같이 말한다면 어떨까. 아마 넋을 잃고 말 것이다.

"리버톤Liberton(스코틀랜드 에든버러시의 한 구)에서 두 마리의 말이 끄는 마차를 몰고 왔군요. 한 마리는 회색, 다른 한 마리는 짙은 갈색. 당신은 아마 양조장에서 일하고 있겠네요."

의사는 단지 환자의 손바닥과 얼굴, 옷 등을 보았을 뿐이다. 그리고 이 말은 적중했다. 수백, 아니 수천 명의 환자를 진찰해 온 의사였기에 몸에 배어 있는 알코올 냄새와 손바닥에 배겨 있는 굳은살을 보고 사는 곳과 직업까지 알아맞힌다.

코난 도일은 에든버러 의과대学에서 공부했다. 당시 의과대学에서 코난 도일의 스승이었던 조지프 벨Joseph Bell 교수는 이처럼 환자를 처음 보고도 어디 출신이고 무슨 용건으로 왔는지를 정확하게 맞혔다. 셜록 홈즈 소설에서 흔히 볼 수 있는 모습이다. 의뢰인이 찾아오면 어디에서 왔는지를 단번에 맞힌다. 그리고 왓슨에게 왜 이렇게 추리했는지 근거를 말한다. 의뢰인의 옷이나 신발에 묻은 흙, 지팡이 등을 보고 추론하는 것이다. 의뢰인들의 입이 쩍 벌어진다. 이런 탐정에게 사건을 맡기면 명쾌하게 해결될 것이라 확신하지 않을 수 없다. 첫 만남, 불과 몇 분 안에 의뢰인에게 무한한 신뢰를 주는 탐정이니 헛걸음하지 않았구나 하고 안도한다.

그런데 홈즈의 뛰어난 추리

아서 코난 도일

력은 어디에서 왔을까?

코난 도일은 에든버러 의대 2학년 말 벨 교수의 조교로 근무하면서 스승에게 많은 것을 배웠다. 스승은 외래 환자의 얼굴을 보고 몇 마디 대화를 나눈 후 증상을 확인하고 처방을 내렸다. 벨 교수는 환자를 진찰할 때 어느 하나라도 놓치지 말라고 수업 시간에 누누이 강조했다. 홈즈가 의뢰인에게 자주 하는 말도 이것이었다. "하나도 빠뜨리지 말고 자세히 이야기해주세요." 코난 도일은 의대에서 배운 것을 소설에서 그대로 썼다. 수많은 환자를 진료해온 의사이기에 환자와 대화를 나누기도 전에 병을 알아채듯, 홈즈는 의뢰인의 직업과 찾아온 이유를 정확히 꿰뚫어 본다.

코난 도일은 존경하던 벨 교수와 자신을 합성해서 셜록 홈즈라는 인물을 창조해냈다. 그는 자서전에서 벨 교수가 진찰에서 보여준 것을 소설에서 써보려 했고 이게 셜록 홈즈를 만들어낸 동기였다고 밝혔다. 「보헤미아 왕국의 스캔들」을 포함해 12편의 단편을 묶어 펴낸 『셜록 홈즈의 모험』(1892년 발간)이 대성공을 거둔 후 코난 도일은 스승에게 편지를 썼다.

"홈즈는 추리력과 연역적 사고 면에서 교수님을 모델로 했습니다."

벨 교수는 크게 기뻐했다.

「보헤미아 왕국의 스캔들」은 홈즈의 첫 단편소설 모음집의 첫 작품이다. 소심한 보헤미아 왕국의 왕이 변장을 하고 명탐정을 찾아온다. 유명한 오페라 가수 아이린 애들러와 남몰래 사귀었는데 그때 찍은 외설스런 포즈의 사진이 가수의 손에 있었다. 스웨덴 왕가와 결혼을 앞둔 왕은 추문의 소재를 제거해야 했다. 그래서 뛰어난 능력을 지닌 '탐정의 탐정'에게 왕이 변장까지 하고 찾아온 것이다. 자칫 이 일이 새어나가면 더 큰 스캔들이 터질 수 있는 상황. 마스크를 쓰고 온 왕은 홈즈에게 백지 수표를 내밀었고, 착수금으로 무려 1,000파운드를 준다. 현재 기준으로 한화 약 1억 3,000만 원에 달하는 거금이다. 사진만 가져온다면 왕국의 한 주를 주겠다고 약속할 정도이니, 왕이 얼마나 애간장을 태웠을지 짐작할 수 있다.

이처럼 홈즈는 아주 어려운 미제 사건뿐만 아니라 이런 은밀한 사건도 도맡았다. 실수는 용납되지 않는다.

국가 간 1급 비밀과 관련된 중요한 사건도 홈즈 몫이다. 「두 번째 얼룩」에서는 총리와 외무장관이 남몰래 홈즈를 찾아와 위급 상황을 설명하며 해결해줄 것을 간청한다. 도난당한 서류를 회수하지 못하면 자칫 국가 간의 큰 충돌로 번질 우려가 있는 사건이었다.

교황이 사건을 의뢰하는 경우도 있다. 홈즈는 토스카 추기경의 갑작스런 죽음을 맡아 수사하게 되었다. 이런 일은 은밀하게 수사해 결론을 내야 한다. 아무래도 교황청이 이런 수사를 경찰에 맡기기는 어렵기에 홈즈를 찾아온 것이다. 이 사건은 「블랙 피터」에 간단하게 언급된다.

또 하나 주목할 만한 유형은, 돈은 안 되지만 홈즈의 재능을 맘껏 발휘할 수 있고 범인과 두뇌 싸움을 겨룰 수 있는 사건들이다. 일반 탐정이라면 이런 사건을 맡지 않을지도 모른다. 수익도 적고 고생만 엄청 해야 하기 때문이다. 하지만 가진 자의 여유랄까. 컨설팅 탐정은 이런 일을 기꺼이 떠맡는다.

시골에 사는 한 젊은 여성이 물어물어 아침 일찍 홈즈를 찾아왔다. 몹시 불안해하며 두려움에 떨고 있었다. 하나뿐인 언니가 새벽에 갑자기 소리를 지르며 죽었다고 한다. 경찰이 검시를 했으나 범죄와 연관된 사인을 밝혀내지 못했다. 이후 그녀는 새벽에 자꾸 이상한 휘파람 소리를 듣는다. 숨진 언니도 이런 소리를 자주 들었다고 말했다. 괴팍한 의붓아버지와 자매는 유산 배분을 두고 종종 다툼이 있었다. 경찰에 찾아가 하소연해봤자 퇴짜맞을 게 분명하다. 아직 범죄 피해자가 있는 것도 아니고, 언니의 사망에 의심스런 정황만 있을 뿐이니까. 하지만 예민한 촉수를 지닌 홈즈는 멀리 있는 시골집까지 찾아가 치밀한 수사를 펼친 끝에 명쾌하게 사건을 해결한다(「얼룩무늬 밴드」).

/ 뉴욕까지 진출한 컨설팅 탐정 /

사실 탐정의 한 종류인 컨설팅 탐정은 합리적인 인간 사유의 산물이라고 할 수 있다.

　서유럽 역사에서 계몽주의는 17~18세기에 절정을 이룬다. 근대 세계는 개인이 종교의 손아귀에서 벗어나는 과정이었다. 개인의 일거수일투족을 옥죄어 왔던 종교의 영향력이 크게 약화되고 개인은 이때부터 스스로 합리적으로 생각하고 분석하기 시작했다. 개인의 죽음을 미신이나 종교와 연관짓던 사고에서 벗어나 과학적으로 조사하고 분석하는 사고가 점차 사회에 자리를 잡게 되었다. 이처럼 사회 전반의 사고의 틀이 잡히면서 탐정이라는 직업이 등장하게 된다.

　문학 작품은 응당 시대를 반영한다. 19세기 영국의 대문호 찰스 디킨스^{Charles Dickens}가 이 시대의 변화를 곧바로 소설에 반영했다. 1853년『황폐한 집^{Bleak House}』이 출간되었는데 여기에 버킷 경위가 등장한다. 그는 증거를 수집하고 증인을 만나고 여러 수사 과정을 거친 후 살인 사건의 전모를 밝혀내는 수사 경찰관이다. 처음에는 변호사 퉁킨혼의 살인범으로 귀족의 아내를 의심하지만 면밀한 수사를 거쳐 결국 범인이 다른 사람임을 밝혀낸다. 디킨스는 당시 가장 저명한 베스트셀러 작가이자 사회운동가였다. 버킷 경위는 이후 수사관의 유능과 무능을 평가하는 척도가 되었다. 그런데 미국에서는 이런 탐정이 영국보다 먼저 등장했다.

「검은 고양이」로 잘 알려진 미국의 소설가 에드거 앨런 포 Edgar Allen Poe(1809~1849)는 코난 도일의 대선배라고 할 수 있다. 코난 도일은 포가 만들어낸 명탐정 샤를 오귀스트 뒤팽이 어릴 적부터 자신의 영웅이었다고 밝혔다. 이 탐정은 파리에 거주하며 파리 경찰청 사람들, 고위 정치인들과 친분을 유지하며 이들이 수사에 어려움을 겪을 때마다 도움을 준다. 컨설팅 탐정이라는 용어를 쓰지는 않았지만 홈즈와 유사하다. 그리고 뒤팽의 친구인 화자가 사건의 전말을 이야기하는 형식을 취하고 있다.

코난 도일은 이런 대선배 포를 잊지 않았다. 그는 '귀환'편의 「춤추는 사람」을 에드거 앨런 포의 「황금벌레The Gold-Bug」에 바치는 글로 썼다.

컨설팅 탐정은 탐정의 진화물이다. 21세기 탐정물에서도 컨설팅 탐정 포맷은 일관되게 유지된다. 2010년부터 영국 BBC 방송에서 방영 중인 〈셜록〉은 21세기 런던에서 활약하는 듀오를 그리고 있다. 베네딕트 컴버배치와 마틴 프리맨이 각각 홈즈와 왓슨으로 열연한다. 런던 경찰청의 레스트레이드 경감도 나온다. '경전'에 자주 나오는 경찰관 이름 그대로다. 두 사람이 사건 현장을 면밀하게 살피러 가면 그곳에 있던 경찰들의 껄끄러운 태도가 적나라하게 드러난다. 한 여성 경관은 면전에서 홈즈를 '사이코'라고 부른다.

홈즈는 뉴욕 경찰청에서도 활약했다. 2012년에 방영된 미국 드라마 〈엘리멘터리Elementary〉에서다. 뉴욕 경찰들도 영국 경찰과 다를 바 없다. 자신들보다 훨씬 뛰어날 뿐 아니라 자신들의 오류를 거침없이 지적하는 홈즈를 무척 싫어한다.

홈즈라는 불후의 컨설팅 탐정. 코난 도일이 선보인 최초의 직업 '컨설팅 탐정'은 130년이 훨씬 지난 지금도 여전히 독자와 시청자들의 마음을 사로잡고 있다.

다섯 번 거절당한 첫 소설

"책에 내 이름이 표기된 소설을 내고 싶었다." 자서전에서 코난 도일은 의사로 일하면서 문학적 명성을 갈구했다고 썼다. 그는 많은 시행착오를 거친 끝에 1886년 상반기에 『주홍색 연구』를 탈고했다. 당시 스물다섯 살. 좋은 글이라 자신한 그는 기대가 컸다. 처음에는 유명 출판사를 접촉했으나 연이어 거절당하는 수모를 겪었다.

계속해서 다른 출판사를 찾다가 결국 자존심을 접고 여섯 번째 문을 두드린 곳이 저가의 통속잡지와 책을 전문으로 내는 워드록 출판사(Ward Lock & Co). 워드록은 1886년 10월 말 『주홍색 연구』를 출판해주겠다고 알려왔다. 하지만 시장에 이런 책이 넘쳐난다며 1년 후에 출간하겠다고 약속했다. 인세마저 마뜩찮았다. 달랑 25파운드. 지금 기준으로 300만 원 정도다.

코난 도일은 얼마 되지 않는 인세보다 1년 이상 출판이 미뤄진 것에 더 큰 상처를 받았다. 작가로서 명성을 떨치고 싶었는데 그 과정이 고난의 연속이었다. 그는 자존심을 접고 출판사에 인세를 조금 더 올려달라고 간청하는 서한을 보냈으나 보기 좋게 거절당했다.

『주홍색 연구』 표지

우여곡절 끝에 책이 나왔지만 저자가 원했던 만큼의 성공은 아니었다. 그래도 아래 서평은 꽤 인상적이다. 앞으로의 성공을 예견한 듯하다.

"《Beeton's Christmas Annual(BCA)》에 함께 게재된 세 편의 단편소설에서 돋보이는 게 아서 코난 도일이 쓴 탐정 이야기다. 에드거 앨런 포 이후 나온 추리소설 가운데 기발한 아이디어를 보여주는 작품이다. 저자는 천재성을 발휘한다. 그는 기존 문헌의 탐정 수사 방식을 그대로 따르지 않았으며 관찰과 추론으로 범죄에 접근하는 진정한 탐정의 모습을 보여주었다. 이 책은 많은 독자를 끌어들일 것이다."

일간지 『스코츠먼(Scotsman)』의 1887년 11월 서평이다.

"기존의 탐정 수사 방식을 그대로 따르지 않았으며, 진정한 탐정의 모습"이라는 문구에 주목하자. 컨설팅 탐정, 그리고 좀 더 치밀하고 과학적인 수사 방법을 사용했다는 의미다. 그럼 과학수사로 넘어가자.

2장

과학수사

"모든 경찰이 홈즈의 수사 방식을
채택하는 걸 보고 싶다"

"불가능한 모든 것을 제거하면 남아 있는 것은
제아무리 가능성이 낮아 보여도 사실임에 틀림없습니다.
처음에는 몇 가지 가정을 합니다만 조사를 하다 보면
납득할 만한 증거가 있는 한두 개 가정만 남습니다."

— '사건집' 편의 「창백한 군인」

"이전에 유럽 대륙 사람들은 체크무늬 옷으로 여행자들 가운데 영국인을 식별했습니다. 이제부터 잡지《스트랜드Strand》를 휴대 하면 영국인으로 볼 듯합니다."

홈즈 소설은『주홍색 연구』와『네 개의 서명』을 제외하고 대 다수는 런던에서 발간된 잡지《스트랜드》에 연재되었다. 1900 년 유럽 대륙을 여행 중이던 코난 도일은 발행인 조지 뉴네스 George Newnes에게 위 내용의 편지를 보냈다. 도버해협을 건너는 사람들 대부분이 홈즈가 연재된 이 잡지를 손에 들고 다녔다. 홈 즈의 작가는 발행인에게 자랑할 요량으로 이 편지를 썼다. 홈즈 의 선풍적인 인기 비결은 무엇이었을까?

홈즈는 당시 첨단 수사 기법을 사용했다. 경찰보다 훨씬 앞서서. 홈즈 팬들이 경탄하는 이유다. 그리고 영국 경찰뿐만 아니라 다른 나라의 수사 당국도 점차 이 기법을 도입하게 되었다.

/ 과학수사에 매료된 셜록키언들 /

홈즈가 데뷔한 영국뿐만 아니라 미국, 러시아 등 세계 각지에도 홈즈 팬들이 많다. 이들을 '셜록키언Sherlockian' 혹은 '홈지언Holmesian'이라고 부른다. 보통 초등학교 때부터 홈즈 소설을 읽게 되니 나이 든 신봉자들이 세상을 떠나도 글로벌 홈즈 마니아 숫자는 그다지 줄지 않을 듯하다. 그의 수사 방식은 경찰과 비교해 월등했고 아무리 어려운 사건도 척척 해결한다.

홈즈와 왓슨이 첫 등장한 『주홍색 연구』는 여러모로 중요하다. 두 사람 다 처음 모습을 드러냈을 뿐만 아니라 이후 나올 59편의 글이 어떻게 전개되고 어떤 수사 방식으로 진행될지에 대한 방향을 제시하고 있기 때문이다. 이야기꾼 왓슨이 벽난로 앞에서 이야기보따리를 풀어놓는다. 일부 이야기는 사건 당사자가 사망하고 나서, 혹은 당사자와 약속을 지켜 뒤늦게 공개한다.

왓슨이 절친 홈즈의 이야기를 쓰게 된 이유도 나온다. 첫 소설에서 홈즈가 사건을 해결하지만 모든 공이 경찰에게 돌아간 것을 신문에서 읽은 왓슨이 홈즈에게 이렇게 제안한다. "자네의 공로는 공개적으로 인정받아야 하네. 사건 기록을 출간해야 해.

자신이 해결한 사건을 다룬 신문 기사를 읽던 홈즈는
대부분의 공이 경찰에게 돌아갔다고 푸념을 늘어놓는다. 그러자 친구
왓슨은 사건 해결 과정을 글로 남길 것을 제안하고 허락을 받는다.

자네가 하지 않는다면 나라도 하겠네." 허락을 받은 왓슨은 룸메이트의 활약을 글로 남긴다.

이 때문에 셜록키언들은 『주홍색 연구』를 홈즈 '경전'의 '창세기'라 부른다. 이 경전에는 네 편의 장편소설(『주홍색 연구』 외에 『네 개의 서명』, 『바스커빌가의 사냥개』, 『공포의 계곡』)과 56편의 단편소설이 포함되어 있다. 그럼 '창세기' 속 사건은 어떻게 일어났고 어떤 과정을 거쳐 해결되는지 살펴보자.

살인 사건이 발생한 곳은 로리스턴 가든 3번지 집이다. 경찰관 두 명이 출동했지만 현장 조사가 아주 엉성하다. 홈즈는 집 앞 100미터 앞에서 내려 사람 발자국과 마차 바퀴 흔적 등을 면밀하게 살핀다. 이어 미국 신사가 숨진 방에 들어가 시체 입가에 코를 대고 냄새를 맡았다. 줄자와 확대경을 지참해 잘 보이지 않는 핏자국 간격과 벽을 재기도 했고 회색 먼지도 봉투에 수거했다. 수사 경찰 그렉슨과 레스트레이드 경관은 시체가 발견된 방과 집에만 신경썼을 뿐 별다른 도구조차 지참하지 않았다. 경찰은 숨진 사람의 몸에 상처가 없어 살인 여부도 아직 밝히지 못한 상황. 홈즈는 현장 조사를 바탕으로 사건과 용의자를 이렇게 프로파일링한다.

"이 사건은 살인 사건입니다. 범인은 키가 180센티미터 이상인 남자입니다. 키에 비해 발이 작은 중년의 남자군요. 코가 각진 구두를

신었고 인도산 트리치노폴리 시가를 피우는 것 같습니다. 그는 이 곳에 피살자와 함께 사륜마차를 타고 왔습니다. 말의 편자는 낡았지만 앞발 하나에는 새 편자를 박았습니다. 살인자는 얼굴이 붉고 오른손 손톱이 길 가능성이 높습니다."

경찰이 벽에 새겨진 '라케Rache'를 보고 레이첼Rachel이라는 여자를 찾아야 한다고 야단법석을 떨자 홈즈는 이렇게 정리해준다. '라케'는 레이첼이 아니라 독일어로 '응징'을 뜻하는 단어라고. 살인자가 '응징'이라고 써놓은 메시지임을 '우매한' 경찰에게 깨우쳐준다.

동거한 지 얼마 되지 않은 왓슨도 룸메이트의 사건 현장에 첫 출동했기에 이 프로파일링을 듣고 경찰만큼이나 어안이 벙벙해서 추리의 근거를 묻는다. 홈즈는 과학수사를 토대로 명쾌하게 답한다.

어젯밤에만 비가 내렸는데, 도로 가까이에 사륜마차가 남긴 두 개의 바퀴자국이 있다. 말발굽 자국도 보였는데 네 개 중 하나(앞발에 새로 박은 말발굽)만 유난히 선명했다. 뜰과 집 안 먼지 위에 있던 발자국에서 구두 모양을 추정했고 벽에 쓴 단어 'Rache'가 눈높이임을 감안해 용의자의 키가 180센티미터가 넘는다고 판단했다. 입가에서 시큼한 냄새가 나고 얼굴이 공포에 일그러져 있었기에 독살임을 직감했다.

홈즈는 이런 프로파일링을 한 이유를 논리정연하게 설명한다. 이야기꾼 왓슨은 정리꾼이다. 나머지 홈즈 소설에서도 왓슨은 친구가 사건을 해결하는 과정을 상세하고도 체계적으로 묘사한다.

이 사건이 점차 오리무중에 빠지자 홈즈는 또 다른 비책을 꺼냈다. 베이커 거리의 소년 탐정단을 활용한 것이다. 이들에게 얻은 정보로 유력한 용의자 제퍼슨 호프라는 인물을 찾았고, 피살자가 호프로부터 신변 보호를 요청했다는 사실도 미국 경찰로부터 알아냈다. 범인은 아무도 모르는 낯선 도시에서 복수를 하려면 마부가 적합하다고 생각했을 것이다. 죽은 사람이 그날 마차를 타고 피살 현장에 오지 않았던가? 그래서 홈즈는 런던에서 마부로 일하던 호프를 자신의 집으로 오게 했고, 경찰도 중무장한 채 현장에 대기해 함께 체포한다.

베이커 거리의 소년 탐정단은 첫 소설부터 등장했다. 이들은 대장 위긴스를 필두로 한 거리의 부랑아들이다. 홈즈는 어린이 한 명이 경찰 열두 명보다 더 쓸모 있다고 평가한다. 이들은 그리 의심받지도 않을 뿐 아니라 런던 지리를 꿰뚫고 있기에 신속하게 대도시 거리를 쏘다니며 정보를 수집해 홈즈를 도와준다. 이들의 노고를 아는 명탐정은 섭섭하지 않게 대우해준다. 한 번 일을 맡길 때마다 1실링(현재 가치로 한화 5,000원 정도)을 손에 쥐어주고 일을 잘 마무리하면 보너스도 준다. 동기 부여가 되니 이들이 열심히 뛰어다니지 않을 수가 없다.

부랑아들은 당시 '거리의 아랍인'으로 멸시받았다. 집도 없이 유랑하기에 이렇게 불렸다. 그런데 말끔한 신사가 선물로 돈을 쥐어주다니! 한꺼번에 여섯 명이 우르르 홈즈의 집 2층으로 몰려갔다. 하숙집 주인 허드슨 부인이 대놓고 싫은 티를 냈고 왓슨도 처음에는 기겁한다. 홈즈는 이들을 예사롭지 않은 이름 '베이커 거리 탐정 경찰단 파견대'라고 룸메이트에게 소개한다.

홈즈가 두 번째로 등장한 장편 『네 개의 서명』(1890년 출간)에서도 소년 탐정단은 혁혁한 공을 세운다. 이들은 템즈강 인근에 꼭꼭 숨은 용의자를 며칠간 끈질기게 추적한 끝에 홈즈에게 알린다. 그러자 탐정은 경찰을 대동해 수십 킬로미터 수상 추격을 벌여 용의자들을 생포한다. 나머지 56편의 단편소설에서도 독자들은 가끔 어린이 탐정단과 만난다.

/ 추론과 소거법 /

이런 과학수사에서는 주로 추론과 소거법消去法을 사용한다. 홈즈는 의뢰인이 찾아오면 "아무리 사소한 것이라도 하나도 빠뜨리지 말고 이야기해주세요"라는 말을 항상 강조한다. 이야기를 경청한 후 그의 머리는 초고속으로 회전한다. 수많은 범죄 유형과 내용이 머릿속에 들어 있고 대개 범죄 간에는 유사성이 많다.

따라서 일단 몇 가지 가정을 세운 후 현장으로 달려간다. 그런 다음 가정과 현장 조사를 비교 검토한다. 이 과정에서 가능성이 아주 낮은 것부터 제외한다. 즉 용의자 선상에서 누구누구를 제외한다. 이렇게 제거하다 보면 당연히 가능성이 높다고 판단되는 곳에 수사를 집중하게 된다.

예를 들어보자. 코난 도일이 자신의 작품 가운데 최고라고 평가한 「얼룩무늬 밴드」에서도 추론과 소거법이 적용된다.

처음 이 소설을 읽는 많은 독자들은 의뢰인 집 근처에 집시가 야영한다는 점, 그리고 한밤중에 이상한 소리가 났다고 말한 점으로 보아 집시를 유력한 용의자로 여길 듯하다. 홈즈도 마찬가지였다. 그러나 홈즈는 이 집을 방문한 후 집 문을 안에서 잠근다면 누구도 들어올 수 없다며 집시를 용의선상에서 제외한다. 이어 의붓아버지 방에서 발견된 작은 금고와 최근 발자국, 야생동물에게 먹인 우유 등을 보고 점차 범인의 범위를 좁혀간다. 현장 방문 전에 법원 등기소로 가서 의붓딸이 죽을 경우 아버지가 유산을 독차지하게 된다는 유력한 범죄 동기를 확인했다.

의붓딸의 침실에서 작동하지 않는 쓸렁줄이 침대 위의 쓸모없는 환기구로 연결되어 있음을 발견한 홈즈는 왓슨에게 권총 무장을 하게 한 후 새벽 세 시까지 그 방에서 지팡이를 들고 기다린다. 검시인의 조사에서도 밝혀지지 않을 살인이라면 독사가 유력하다고 홈즈는 추정했다. 작은 금고 옆에 있던, 야생동

몇 시간 동안 잠복 중이던 홈즈가 새벽 세 시에 환기구를 타고 내려온
연못 독사를 지팡이로 내려치고 있다.(「얼룩무늬 밴드」)

물의 먹이 흔적 등을 보고 유추한 것이다. 이윽고 설렁줄을 타고 내려오는 독사를 홈즈가 지팡이로 내리친다. 범인은 예상대로 의붓아버지였다. 인도에서 제일 위험한 연못 독사를 딸의 방으로 몰래 보내 살해하려 했음이 밝혀졌다. 대담성과 지식을 겸비한 자가 범죄를 저지르면 최고의 악인이 될 수 있다며 홈즈는 탄식한다.

왓슨은 곁에서 지켜본 친구의 수사 방식을 이렇게 설명한다.

"내 친구는 모든 증거의 조각을 모아 샅샅이 살피고 여러 가지 가설을 세운다. 그런 다음 그것들을 서로 견주어보고 본질적인 것과 사소한 것을 구분하고 판단하는 고도로 집중하는 시간에 그 누구의 방해도 받지 않고 혼자 있을 필요가 있다는 것을 나는 잘 알고 있었다."(『바스커빌가의 개』)

「빈집의 모험」에서는 탄환이 발사된 궤도인 탄도를 분석해 범인을 찾는 수사 방법이 나온다. 런던 경찰청은 1909년에야 수사에 이 방식을 도입했다. 그만큼 홈즈 소설에 나오는 수사 방식은 시대를 앞서간다. 때때로 나오는 담뱃재 연구도 홈즈가 처음 시작했고 경찰은 한참 후에 따라갔다.

1장에 소개된 '잭 더 리퍼'의 경우 경찰은 현장을 전혀 보존하지 않았다. 피살된 여성의 사체 보관도 엉망이었다. 범죄역사학자 엘리자베스 와그너Elizabeth J. Wagner는 당시 검시관의 법정 발언을 인용하면서 현장 보존과 증거 수집이 형편없었다고 분석한다. 그만큼 과학수사가 확립되지 않은 시기였다. 범인도 잡지 못하고 헤매는 경찰을 비웃듯 홈즈의 수사 방식은 과학적이고 논리정연하다.

19세기 중반 프랑스와 이탈리아에서 범죄학이 서서히 자리를 잡아가기 시작했다. 초창기에 범죄학자들은 범죄란 가난한 특정 계급의 사람들만 저지르는 것이며 특정 관상형이 범죄인이 될 가능성이 높다는 의견을 내놓았다.

홈즈는 이런 편견을 뒤집고 가설을 세우고, 사실을 보고, 가설을 수정하며, 가능성이 낮은 경우를 제거하는 방식으로 사건을 해결했다.

프랑스 범죄학자 알퐁스 베르티용Alphonse Bertillon(1853~1914)은 법의학의 창시자로 여겨진다. 파리에 신원확인국을 설립했고 초대 소장을 지냈다. 세계 각국의 경찰이 대부분 이용하는 몽타주도 그가 처음 고안해냈다. 홈즈의 팬이기도 했던 그는 "탐정소설을 좋아한다. 모든 경찰이 홈즈의 수사 방식을 채택하는 걸 보고 싶다"고 자주 말하곤 했다.

1930년대 중반 미국의 범죄학 연구소장도 유사한 맥락에서 "범죄를 과학적이고 분석적으로 수사하도록 동기를 부여하는 데에는 코난 도일의 소설만큼 강력한 게 없다"고 털어놓았다. 홈즈가 과학수사 도입을 촉진한 셈이다. 당시 과학수사 기법이 급속히 발전했고 경찰은 이를 도입하려 했다. 그러나 예산 부족 등 여러 이유로 신기술 도입을 반대하는 사람도 많았다. 이때 "셜록 홈즈 소설에도 나오는 수사 기법이다. 홈즈의 과학수사 기법을 한번 보라"는 말 한 마디면 상당수 반대자들이 설득을 당하곤 했다.

명탐정 홈즈는 수사와 사건 해결에 치밀한 이성과 관찰을 활용했다. 그는 19세기 말 과학기술이 급속하게 발전하고 영국이 이런 발전의 최절정에 있을 당시의 시대정신을 구현한 인물이다.

/ 명백한 사실조차 의심하라 /

홈즈는 경찰이 범인을 체포했고 증거도 있는데 왜 쓸데없이 다른 생각을 하느냐는 핀잔을 자주 들었다. 하지만 그의 생각은 달랐다. 그는 종종 "명백한 사실보다 더 기만적인 것은 없다"고 주장했다.

「보스콤 계곡의 미스터리」에서 아버지와 심하게 다툰 후 총을 갖고 아버지의 사망 현장에 있던 아들이 범인으로 지목된다. 아들은 왜 다투었는지를 끝내 말하지 않고 무죄만 주장할 뿐이다.

홈즈는 사건 현장에 다시 주목한다. 아버지는 분명히 약속이 있어 나갔고 현장에서 심하게 훼손된 상태로 발견된다. 홈즈는 아버지와 아들, 경찰 이외의 다른 발자국을 찾아낸다. 인근 숲속의 떡갈나무 밑에서도 같은 발자국을 발견했고 용의자가 신은 구두의 특징도 알아낸다. 오른발을 절고 있고 밑창이 두꺼운 수렵용 부츠를 신은 사나이. 그리고 약속 장소에서 '쿠우이'라는, 호주 원주민들이 부르는 소리를 낼 만한 사람. 거의 한 사람으로 용의자가 좁혀졌다.

이 사건을 수사하며 홈즈는 런던 경찰청의 레스트레이드 경감과 언쟁을 벌인다. 경감이 "나는 사실을 규명하는 것만도 힘이 듭니다. 허황된 이론과 사실을 비약하는 공상에 끌려다닐 여유가 없습니다"라고 홈즈를 힐난하자 홈즈는 "당신은 사실을 찾는 일 정도도 벅차겠지요"라고 되받아친다.

홈즈를 스승으로 모시는 젊은 경찰 스탠리 홉킨스는 피살 현장에 두 번이나 와서 그곳에서 체포된 의심스러운 20대 청년을 범인으로 단정한다('귀환'편의 「블랙 피터」). 홈즈는 다시 한 번 현장을 살피고 합리적인 의심을 쏟아낸다. 작살로 가슴 한가운데를 찔러 죽일 정도라면 작살잡이일 수밖에 없다. 원한 관계에 있는 듯하니 피살된 선장과 함께 배를 탄 선원이라고 추론한다. 그렇다면 어떻게 심약한 청년이 저 정도로 작살을 사용할 수 있을까? 홈즈는 이 점이 선장 살해 사건을 푸는 열쇠임을 강조한다.

홈즈는 왓슨에게 이렇게 말한다. "하나의 가설을 세웠다 해도 다른 가능성에 대해 항상 대비해야 하네. 그것이 범죄 수사의 기본 원칙이지." 이후 스승 홈즈는 경찰 제자에게 점잖게 충고한다. "사람은 누구나 경험을 통해 새로운 것을 배우게 되네. 이번에 자네가 새로 배워야 할 교훈은 항상 다른 가능성이 없는지 살펴야 한다는 것일세. 자네는 넬리건(현장에서 체포된 청년)에게 집중한 나머지 피터 케리(선장)를 진짜로 살해한 패트릭 케언스에 대해서는 생각할 여유가 없었네."

홈즈는 합리적인 의심이 왜 필요한지를 설명한다.

"일반적으로 특이한 사건일수록 이해하기가 쉽지. 사실 가장 어려운 건 아무 특징이 없는 평범한 범죄거든. 어디서나 흔한 얼굴을 구분하기 힘든 것과 같은 원리지."('모험'편의 「빨간 머리 연맹」).

「블랙 피터」에 등장하는 작살잡이와 선장 이야기는 코난 도일이 1880년 2월부터 7개월간 포경선에서 선상 의사로 일한 경험에서 모티브를 얻었다. 모험심에 불타는 스물한 살의 젊은 청년은 의사 일에만 몰두한 게 아니었다. 작살로 바다표범을 잡으며 북극의 빙하 위를 걸어서 표범을 수거하다가 빙하에 네 번이나 빠진 적도 있다.

21세기 첨단 수사 기법이 널리 사용되는 현재에도 홈즈의 말은 자못 엄중한 경고로 들린다. 우리나라의 화성 연쇄살인사건(이춘재 연쇄살인사건). 이춘재가 범행을 자백한 것은 사건 발생

33년 만인 2019년 가을. 무고한 용의자 가운데 자살했거나 화병에 걸려 죽은 사람도 있다. 8차 사건의 진범으로 몰려 억울하게 20년간 옥살이를 했던 윤성여 씨는 2020년 재심에서 무죄를 확정받았다. 그가 20억 원이 넘는 보상금을 받는다 해도 빼앗긴 인생을 보상받을 수 있을까?

홈즈를 읽는 독자들은 작품을 읽을수록 냉철하고 과학적인 수사에 더욱 몰입하게 된다. 가끔 '그렇구나!' 하며 무릎을 치기도 한다. 당시 시대정신을 투철하게 구현한 인물이 홈즈다. 명백한 사실조차 의심하고, 감정을 배제한 채 오로지 현장 수사와 증거를 기초로 용의자의 범위를 좁혀 나간다. 이런 홈즈의 수사 기법은 당시 무능하고 부패했던 경찰보다 늘 최소한 몇 걸음 앞서 있었다.

episode 2

최고의 홈즈 소설 뽑기 대회

아서 코난 도일, 애거서 크리스티, 도로시 세이어즈의 공통점은?

영국이 자랑하는 추리 소설가들? 이 답변이라면 좀 부족하다. 이들 모두 잡지 《스트랜드》에 소설을 발표해 명성을 얻었다.

스트랜드는 런던 중심가에 있는 지역이다. 우리식으로 하면 서울의 명동 정도. 이곳의 이름을 딴 잡지가 《스트랜드 매거진(Strand Magazine)》(이하 《스트랜드》로 줄임). 코난 도일은 1891년 「보헤미아 왕국의 스캔들(A Scandal in Bohemia)」을 이 잡지에 게재한 후 1927년까지 대부분의 소설을 여기에 기고했다. 덕분에 잡지 구독자는 급증했고 출판사는 톡톡히 재미를 봤다. 홈즈를 먼저 보려고 잡지를 구입하려는 사람들이 가판대로 몰려 장사진을 이뤘을 정도였다. 시드니 패깃(Sidney Paget)의 멋드러진 삽화가 소설의 재미를 더해주었다.

당시 세계를 주름잡던 영국이었기에 경제는 번성했고 교양서 독자층이 두텁게 형성되어 있었다. 안정된 직장에서 일하며 가정을 일궈나가는 이들을 겨냥한 《스트랜드》는 신생 잡지로 온 가족이 함께 읽을 수 있는 내용이 가득했다. 정치와 경제를 다룬 시사, 탐정소설이 들어간 단편소설 등이 지면을 채웠다. 그리고 중간중간 삽화를 배치해 흥미와 가독성을 높였다. 부모와 아이들이 함께 읽을 수 있도록 고려한 것이다.

또 하나 이 잡지의 특징은 편집자가 40년간 근무했다는 점. 허버트 G. 스미스(Herbert Greenhough Smith)는 창간 때인 1891년부터 1930년까지 이 잡지의 편집자로 일했다. 그는 코난 도일을 에드거 앨런 포 이후 최고의 단편소설 작가라 믿고 존경했다.

학자들에게도 이 잡지는 대영제국의 전성기였던 빅토리아 시대와 20세기 초 영국 사회사를 연구하는 데 소중한 자료다.

코난 도일은 처음부터 홈즈 이야기를 시리즈물로 구성했다. 홈즈와 왓슨이 주인공으로 등장하지만 매달 다른 사건을 쓰면 처음 보는 독자도 이해하기 쉽고, 흥미를

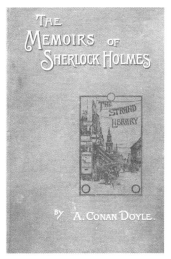

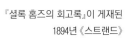

『셜록 홈즈의 회고록』이 게재된
1894년《스트랜드》

느끼면 다른 권호도 찾을 것이기 때문이었다. 이처럼 코난 도일에게는 마케팅 감각도 있었다.

잡지사는 1927년 3월 독자들에게 고마움을 표하기 위해 흥미롭게 읽은 셜록 홈즈 소설 뽑기 대회를 개최했다. 장편 네 편을 제외한 단편 소설만을 대상으로. 심사위원은 코난 도일이었다. 코난 도일의 선정과 가장 근접한 응모자가 100파운드의 상금과 작가가 서명한 『셜록 홈즈의 회상』, 『셜록 홈즈의 모험』을 받게 된다. 100파운드는 현재 가격으로 환산하면 우리 돈으로 600만 원이 조금 넘는다. 꽤 큰 돈이다. 코난 도일은 "독자들의 의견을 조금이나마 가늠하고 싶어 응모대회를 시작한다. (……) 내가 최고라고 생각하는 12편의 소설 목록을 뽑았다. 목록이 담긴 봉투를 《스트랜드》 편집자에게 보냈다"라고 썼다.

그해 6월 《스트랜드》는 당선자를 발표했다. 『셜록 홈즈의 모험』과 『셜록 홈즈의 회상』, 『셜록 홈즈의 귀환』, 『셜록 홈즈의 마지막 인사』에 수록된 작품들이 골고루 포함되었다. 코난 도일은 12편의 작품을 선정하기가 쉽지 않았다고 털어놓았다.

"처음 이 대회를 시작했을 때 최고 작품 12편 선정이 쉬울 거라고 가볍게 생각했다. 그러나 곧 쉽지 않음을 느꼈다. 다시 내 소설을 신중하게 읽어야 했다. 어렵고, 어렵고, 지루한 일이었다"라고 소감을 적었다.

그는 선정 이유도 밝혔다.

첫 번째는 「얼룩무늬 밴드」(The Adventure of the Speckled Band) 이다. "전세계에서 온 하나의 메아리 같은 이야기이며 그래서 가치가 있다"고 1위로 뽑은 이유를 밝혔다. 「빨간 머리 연맹(The Red-Headed League)」, 「춤추는 사람(The Dancing Men)」은 구성(플롯)이 독창적이었기에 2, 3위를 각각 차지했다. 4위는 「마지막 사건(The Final Problem)」이다. 홈즈의 능력을 소진하게 했던 적수 모리아티와의 대결이 흥미진진하며, 단짝 왓슨과 독자들도 탐정이 죽은 것으로 잘못 생각했기에 이 이야기를 빼놓을 수 없다고 적었다. 5위는 「보헤미아 왕국의 스캔들」이다. '모험'편 첫 글에 수록돼 다른 소설의 길을 열어줬고 다른 이야기보다 여성적인 요소가 들어 있다고 평가했다. 홈즈가 살아 돌아오고 모리아티의 하수인 세바스찬 모란 대령이 다시 홈즈를 저격 시도하는 「빈집의 모험(The Empty House)」이 6위를 차지했다.

7위가 「다섯 개의 오렌지 씨앗(The Five Orange Pips)」이다. 짧지만 극적인 요소가 있다고 선정 이유를 썼다. 당시 복잡하게 전개된 외교 전쟁과 음모를 다룬 두 편, 즉 「해군 조약문(The Naval Treaty)」과 「두 번째 얼룩(The Second Stain)」이 있는데 두 편 다 괜찮지만 다 선정할 수 없기에 하나만을 고민해 「두 번째 얼룩」을 8위로 뽑았다. 「악마의 발(The Devil's Foot)」은 무시무시하고 새롭기에 9위. 「프라이어리 학교(The Priory School)」는 아들이 실종된 사건에서 범인이 아버지임을 밝히는 내용이기에 극적이라며 10위에 올렸다. 「머스그레이브 전례문

(The Musgrave Ritual)」과 「라이기트의 수수께끼(The Reigate Squires)」
가 각각 11위, 12위를 차지했다. 「실버 블레이즈」와 「브루스 파팅턴 잠수
함 설계도」, 「등이 굽은 남자」, 「입술이 비뚤어진 사내」, 「글로리아 스콧
호」도 마지막 두 자리에 들 수 있는 후보로 검토했지만 「머스그레이브
전례문」과 「라이기트의 수수께끼」가 최종 선정되었다. 「실버 블레이즈」
의 경우 경마 경주 관련 세부 내용이 부정확해서 제외되었다. 11위를 차
지한 「머스그레이브 전례문」은 역사적인 내용이 가미되어 있어 특이하
고 홈즈의 유년 시절을 추억한 글이어서 선정되었다. 마지막 12위는 나
머지 소설에서 제비뽑기를 해도 되지만 그래도 「라이기트의 수수께끼」
에서 홈즈가 천재성을 보여줘 12위로 선정했다고 썼다.

마지막에 코난 도일은 선정 이유를 밝힌 경위도 설명했다.

"심사위원이 선정 이유를 밝히는 것은 아마 실수일 수도 있다. 그러
나 내가 정말로 고민을 거듭한 후 선정했음을 이 대회 참가자들에게 알
려주려고 선정 이유를 적는다."

코난 도일은 3년 후 세상을 떠나 그가 독자와 교감한 것은 아마 이
글이 마지막일 것이다.

'사건집'편에 수록된 12편의 단편은 최고의 소설 선정에서 제외되
었다. 1927년 당시 출간되지 않았기 때문이다. 코난 도일은 선정 이유
를 적은 위 글에서 '사건집'의 소설 두 편 정도는 선정 리스트에 들 수
있다고 썼다. 하나는 「사자의 갈기(The Lion's Mane)」이다. 이 작품의 실

제 플롯을 모든 소설 중에서 최고로 높이 평가했다. 또 하나는 「유명한 의뢰인(The Illustrious Client)」이다. 플롯은 그리 치밀하지 않지만 어느 정도 극적인 요소를 포함하고 있다고 자평했다.

❀ 아서 코난 도일이 선정한 최고의 작품 12편

1위 _ 「얼룩무니 밴드」('모험')

2위 _ 「빨간 머리 연맹」('모험')

3위 _ 「춤추는 사람」('귀환')

4위 _ 「마지막 사건」('회고록')

5위 _ 「보헤미아 왕국의 스캔들」('모험')

6위 _ 「빈집의 모험」('귀환')

7위 _ 「다섯 개의 오렌지 씨앗」('모험')

8위 _ 「두 번째 얼룩」('귀환')

9위 _ 「악마의 발」('마지막 인사')

10위 _ 「프라이어리 학교」('귀환')

11위 _ 「머스그레이브 전례문」('회고록')

12위 _ 「라이기트의 수수께끼」('회고록')

3장

❰ 천재성 ❱

"왓슨, 공부에는 끝이 없다네"

"왓슨, 공부에는 끝이 없다네. 공부란 계속해서
배우는 것이고 마지막에 가장 큰 결실을 얻지.
이 사건은 배울 게 많아.
돈도 명예도 생기지 않지만 꼭 해결하고 싶네."

— '마지막 인사'편의 「레드 서클」

회색빛 글로벌 도시 런던의 '슈퍼 히어로' 홈즈는 천재성을 타고 났을까? 그렇지 않다. 탄탄한 기본기가 있는데다 끊임없이 노력 하는 탐정이었다. 홈즈가 명탐정이 되기까지 어떤 여정을 거쳤 는지 탐사해보자. 더불어 내밀한 그의 서재도 함께 들여다보자.

/ 데이터베이스 종결자 /

잠시 런던으로 여행을 떠나보자. 오래된 지하철^{Tube}을 타고 베이 커 거리역에서 내리면 제일 먼저 홈즈를 만난다. 지하철역 회색 벽에 긴 파이프 담배를 물고 사냥모자를 쓴 홈즈가 팬들을 환영 한다. 다른 벽에는 사건 의뢰인을 만나는 탐정의 모습이 그려져 있다. 다른 한 편에는 사냥개가 사람의 목을 물어뜯는 그림이 있다. 바스커빌 가문의 사냥개 이야기를 그린 삽화다. 이어 역 밖으로 나오면 2.7미터 높이의 탐정 동상이 우뚝 서 있다. 역시나 사냥모자를 쓰고 손에 담배 파이프를 든 채로.

역을 나와 오른쪽으로 2~3분 걸으면 베이커 거리가 나오고 곧 221b에 있는 셜록 홈즈 박물관에 도착한다. 1990년에 설립되었다. 박물관 입구 정문 벽 위에 "221b, 셜록 홈즈, 컨설팅 탐정, 1881~1904"라고 새겨진 푸른색 기념 명판이 있다. 가상 인물임에도 그가 살았던 집이라고 기록되어 있다.

박물관 1층에서는 사냥모자와 각종 기념품, 책을 구입할 수 있다. 소설에 나온 대로 가파른 열일곱 계단을 올라가면 탐정의 서재와 응접실이 나온다. 중간에 놓인 식탁은 소설 속의 여러 장면을 참조해 당시의 접시와 포크, 촛대 등이 가지런히 배치되어 있다. 「독신 귀족」에서 홈즈는 식도락가로 묘사된다. 요리사를 불러 차가운 멧도요새 요리, 꿩 한 마리, 거위 간 요리 등에 오래된 술로 만찬을 준비한다.

방문객들은 이어 서재를 꼼꼼하게 볼 수 있다. 벽의 한 쪽 책꽂이에 비커와 여러 약품이 든 병, 확대경과 망원경, 권총, 메모장 등이 놓여 있고 또 다른 선반에는 영국과 미국의 백과사전, 연도별 연감 등 각종 책이 꽂혀 있다. 또 하나 빠뜨릴 수 없는 게 항목별로 정리한 범죄 파일, 인덱스(스크랩북)이다. 벽난로도 있

지하철 베이커 거리역 내부의 홈즈 모습

지하철 베이커 거리역을 나오자마자 보이는 홈즈 동상

셜록 홈즈 박물관 전경

셜록 홈즈 박물관 2층의 홈즈 서재(촬영 안병억)

Figures 10 & 11 -

Mr Godfrey Staunton, **the Missing Three-Quarter**, is found grieving at the bedside of his beloved young wife.

Figure 12 - Dr Grimesby Roylott meets his fate in **The Speckled Band.**

Figures 13,14 & 15 -

From **The Musgrave Ritual,** Holmes and Reginald Musgrave peer down upon the still figure of Brunton, the butler, leaning over a casket containing a centuries old treasure.

Figure 16 - Mr Jabez Wilson, pawnbroker, copying the Encyclopaedia Britannica in **The Redheaded League.**

Figure 17

Violet Hunter, employed at **The Copper Beeches,** is amazed to discover a coil of hair identical to her own.

Figure 18 -

Professor Moriarty, arch enemy of Holmes, destined to meet his end in **The Final Problem.**

Figures 19 & 20 - The King of Bohemia and Irene Adler. She holds the tell-tale photograph which can lead to a **Scandal in Bohemia.**

Figures 21,22, 23- Sherlock Holmes and Dr Watson make a rather macabre discovery in the church vault at **Shoscombe Old Place.**

Figure 24 -

The Hound of the Baskervilles.

The Sherlock Holmes Museum
221b Baker Street London NW1 6XE

221b

REGENTS PARK

221B SHERLOCK HOLMES MUSEUM

MADAME TUSSAUDS

MARYLEBONE ROAD

GIFTS & SOUVENIRS
POSTCARDS & BOOKS
COLOUR PRINTS
TEE-SHIRTS
GAMES
VIDEOS
...AND MUCH MORE

Open every day 9.30am to 6.00pm
Telephone: 020 7935 8866
Web: http://www.sherlock-holmes.co.uk

셜록 홈즈 박물관의 안내책자. 18번이 모리아티 교수,
24번이 바스커빌가의 사냥개이다.(촬영 안병억)

셜록 홈즈의 흉상(촬영 안병억)

다. 보통 9월부터 이듬해 3월까지 매일 비가 내리는 영국의 '불순한' 기후 때문에 벽난로는 필수품이다. 탑처럼 쌓인 서류 뭉치가 방의 네 귀퉁이를 가득 채웠다고 왓슨이 묘사했는데 서재는 그런 대로 정돈되어 있다.

3층으로 가면 홈즈에 나오는 여러 인물들을 만날 수 있다. 등장인물을 재현한 실물 크기의 밀랍 인형들이다. 탐정의 숙적 모리아티 교수도 보이고, 바스커빌가의 사냥개도 있다. 바람이 휘몰아치는 저녁, 황량한 다트무어의 습지에서 마치 사냥개가 물어뜯을 듯 노려본다.

'모험'편의 「사라진 신랑의 정체」를 보면 '인덱스'가 언급된다. 여성 의뢰인의 사건 설명을 경청한 후 홈즈는 유사한 사건이 다른 나라에서 발생했었다며 왓슨에게 인덱스를 한번 찾아보라고 알려준다. 1877년 영국 햄프셔주 앤도버, 1888년 네덜란드 헤이그……. 홈즈는 인덱스에 수많은 사건을 체계적으로 정리해놓았다. 찾기 쉽게 사건이 발생한 도시와 연도, 알파벳 순서로 분류했다. 예를 들면 '앤도버 77', '헤이그 88' 식이다. 자신이 해결한 사건뿐만 아니라 국내외 신문에서 읽은 사건도 사기·살인 등 여러 주제로 분류했다. 체계적으로 갖춰진 범죄 데이터베이스인 셈이다. 『주홍색 연구』에서도 비슷한 사건이 다른 나라에서 일어났다며 그 유사성을 즉시 알아차린다.

홈즈는 모국어뿐만 아니라 독일어와 프랑스어도 최소한 읽을 정도는 된다. 첫 단편소설 「보헤미아 왕국의 스캔들」에서 아직 신원을 밝히지 않은 의뢰인이 보낸 편지글에 홈즈의 독일어 실력이 나온다. 또 편지지를 통해 편지를 보낸 도시와 여러 정보를 추론한다. 유럽 대륙의 흉악범 이름이 거론되자마자 곧바로 관련된 정보가 술술 나온다. 최악의 적수 모리아티 교수가 죽은 후 홈즈를 대적할 만한 흉악범은 그루너 남작이다. 그루너가 누구인지를 탐정이 바로 대답하자 의뢰인은 크게 놀란다. 홈즈는 "대륙에서 발생하는 사건을 빠짐없이 연구하는 게 내 일"이라며 여유 있게 대답한다('사건집'편의 「유명한 의뢰인」).

데이터베이스 작성은 홈즈의 끊임없는 노력으로 완성되었다. 그는 아침에 일어나면 당시 영국 지식인들이 반드시 읽는다는 일간지 《더타임스The Times》를 비롯해 주요 지방지들을 차례로 읽으며 범죄 관련 내용을 체계적으로 정리하고 스크랩한다. 왓슨과 지방으로 사건을 해결하러 기차를 타고 가면서도 신문을 정독하고 범죄 관련 자료를 기록하고 정리한다. 함께 해결한 범죄 사건도 이런 분류법에 따라 가지런히 정리되어 있다.

《더타임스》의 광고란도 빼놓지 않고 챙겨 본다. 실종자를 찾는 광고를 통해 범죄와의 연관성을 추론하기 위해서다. 20대의 엔지니어가 엄지손가락이 절단된 채 탐정을 찾아왔을 때 홈즈는 1년 전 《더타임스》의 실종란에서 유사한 엔지니어를 찾는다는 광고를 바로 찾아서 알려준다(「엔지니어의 엄지」). 유사 사건이 이전에 발생했고 동일범일 게 거의 확실하다.

웬만한 참고서적도 책꽂이에 비치되어 있다. 「다섯 개의 오렌지 씨앗」에서 KKK라는 낯선 약어가 나온다. 홈즈는 바로 책꽂이에서 미국 백과사전을 꺼내 미국 남북전쟁(1861~1865년) 후 남부에서 생긴 백인우월주의 집단임을 알아낸다. 「네 개의 서명」에서는 피살자의 시체 주변에서 아주 작은 사람 발자국이 발견되는데 홈즈는 지명사전 최신판을 펼쳐보고는 인도 안다만제도의 원주민 특성임을 특정한다.

또 빅토리아 여왕 후기 시대에 발생한 사회적·정치적 스캔들을 총망라한 자료도 갖추고 있다. 왓슨은 이를 "정보의 완벽한 보고"라 규정한다. 그리고 일부에서 이를 훔치려는 시도가 있었다며 또 다시 이런 일이 일어난다면 언론에 공개하겠다고 엄중 경고한다. '사건집'편의 「베일을 쓴 하숙인」 첫머리가 왓슨의 이런 경고로 시작한다.

이렇듯 홈즈는 당시 지식인들에게 요구되는 과학적·이성적 사고방식의 소유자일 뿐만 아니라 체계적인 자료 정리자였다. '데이터베이스 종결자'는 쉼없는 노력이 있었기에 가능했다. 19세기 미국의 발명가 토머스 에디슨은 "천재는 1퍼센트의 영감에, 99퍼센트의 땀에서 나온다"고 말했다. 홈즈가 그렇다.

셜록키언들은 '경전' 60편에 간간이 언급된 조각조각의 정보를 모아 홈즈의 일생을 재구성했다. 비교적 부유한 부모 밑에서 성장한 그는 다양한 경험을 한다. 명석한 두뇌와 끊임없는 호기심에 끊임없는 노력이 있었기에 불후의 탐정이 탄생할 수 있었다. 세상에 거저는 없다.

/명문대 출신의 지식인/

셜록 홈즈는 1854년 빅토리아 여왕 치세 초기에 태어났고, 최소한 중상류층 가정에서 성장했다. 그는 옥스포드 대학교 또는 케임브리지 대학교에서 공부했다(『주홍색 연구』 시작 부분에서 언급됨. 모교 논쟁은 7장 참조). 그의 형 마이크로프트는 하위 공무원으로 근무했다. 아마도 정보기관에서 일한 듯하다. '회고록'편의 「그리스어 통역사」 The Greek Interpreter 에서 홈즈는 처음으로 단짝 왓슨에게 가족 이야기를 꺼낸다. 형이 관찰력과 연역법에서 자신보다 뛰어나다고. 왜 탐정이 되지 않았느냐는 왓슨의 질문에 "형은 탐정 일에 관심이 없다"는 답이 돌아온다.

형은 매일 오후 4시 45분부터 7시 40분까지 디오게네스클럽에 있다. 아직까지도 런던 시내의 몇몇 클럽은 남성만을 회원으로 받는다. 19세기에 이런 귀족 클럽에 수시로 드나들 수 있는 사람이라면 공직에서 꽤 인정받았음을 암시한다. 실제로 소설에서 마이크로프트는 정보를 종합 분석하고 정부 정책의 큰 그림을 그리는 사람으로 묘사된다.

부모님은 형 마이크로프트와 누나 쉐린포드 그리고 홈즈를 데리고 유럽 대륙을 자주 여행했다. 프랑스와 독일, 네덜란드, 이탈리아 등을 두루 돌아다녔다. 당시 영국의 상류층은 여객선을 타고 대륙으로 건너가 그곳 교통편을 이용해 여행을 즐겼다. 홈즈 가족은 당시 도입된 미국행 기선을 타고 미국을 1년간 여행하기도 했다. 19세기 중후반에 유럽 여러 나라를 자주 찾았고 미국을 방문했다는 것은 그만큼 경제적으로 여유가 있었다는 뜻이다. 홈즈의 외국어 실력도 이때부터 늘기 시작했다. 소설을 보면 홈즈는 독일어와 프랑스어를 잘 이해하는 듯하다. 범죄 파일이 그 증거다.

홈즈는 열네 살 때부터 펜싱을 배우기 시작했다. 그가 범죄자들과 자주 몸싸움을 벌이면서도 밀리지 않는 것은 이때부터 배운 운동 기본기에 더해, 이후에도 꾸준하게 몸을 단련했기에 가능했다.

대학을 졸업한 후 1877년 런던으로 온 홈즈는 극단에서 연극도 해봤고 미국도 방문했다. 그가 사건 해결 과정에서 자주 감쪽같이 변장을 하는데 다 배우로 일한 덕분이다. 이때 대영박물관 인근 몬태규 거리에 자리를 잡고 탐정 업무를 시작했다. 초기에는 어려움이 많았다. "자네는 아마 내가 얼마나 고생했고, 이렇게 명성을 얻기까지 얼마나 오랜 시간을 버텨야 했는지 상상하기 힘들 거야"라고 왓슨에게 말한다('회고록'편의 「머스그레이브 전

레문」에서). 그에게는 인고의 세월이었다. 다행히 「머스그레이브 전례문」을 통해 명성을 얻었고 차차 벌이도 괜찮아졌다.

이곳에서 살다가 1881년 우연히 친구의 소개로 평생지기 왓슨을 만났다. 집세를 절약하기 위해 두 사람은 베이커 거리 221b에서 함께 생활한다. 그러다가 쉰이 된 1904년 일선에서 물러났다. 두뇌와 몸을 많이 써서 지쳤을 것이다. 안락한 생활을 할 만큼 돈도 벌었으니 일찍 은퇴했다.

하지만 조국은 홈즈를 내버려 두지 않았다. 홈즈는 다시 현장으로 돌아왔다. '사건집' 서문에서 왓슨은 1차대전이 임박해 독일과의 전운이 감돌자 정부의 요청으로 홈즈가 다시 활동을 시작했다고 썼다.

홈즈의 서재를 탐사한 우리는 그의 서재를 가득 채운 범죄 파일 스크랩북과 백과사전 등을 살펴보았다. 천재는 그냥 만들어지지 않는다. 의학박사 왓슨조차 평범한 사람처럼 보이게 만드니, 홈즈의 천재성은 더욱 빛날 수 밖에 없다. 하지만 왓슨이 없었다면 홈즈는 세상에 그 이름을 떨칠 수 없었다.

"홈즈 씨의 답장을 받았어요!"

친애하는 홈즈 씨,

당신은 정말로 좋은 탐정이에요. 우리 시의 탐정을 알고 있어요. 당신처럼 멋지지 않고, 일반인처럼 평범한 복장을 입어요. 하지만 그도 멋집니다. 당신 책을 모두 읽었어요. 공공도서관에 갈 때마다 한두 권 빌려옵니다.

엄마는 당신이 실존하는 사람이 아니라 도일 씨가 소설에서 만들어낸 허구라고 말합니다. 그러면 나는 당신이 너무 바쁘기에 친구인 도일 씨가 대신 글을 쓴다고 반박하지요.

왓슨 박사에게 안부를 전해주세요. 모리아티 교수를 체포하기 바라요.

답장해주세요.

린 스미스(Lynn Smith).

추신. 엄마가 바보처럼 저렇게 자주 말하지요. 제 생각은 구름처럼 수천 마일을 날아 당신에게로 갑니다.

1980년 초 미국 메릴랜드주 옥슨힐(Oxon Hill)이라는 작은 도시에 거주하는 초등학생 린 스미스는 위 편지를 홈즈에게 보냈다. 주소는 베이커 거리 221b. 그런데 얼마 지나지 않아 놀랍게도 린은 홈즈의 답장을 받았다. 뜻밖의 기쁜 나머지 친구들에게 자랑도 하고 홈즈가 허구의 인물이라고 주장하는 엄마에게도 따졌다. 내가 홈즈의 편지를 받지 않았느냐고.

홈즈가 정말 불멸의 실존 인물이어서 답장을 썼을까?

답은 셜록 홈즈의 비서였다. 홈즈에 열광한 전세계의 독자들은 실제로 명탐정의 주소로 편지를 보냈다. 그런데 대부분의 팬들은 혹시나 하고 보낸 편지의 답장을 받았다. 홈즈의 집에 자리잡은 회사에서 비서를 두어 일일이 답장을 쓰게 했기 때문이다.

그런데 홈즈가 살았던 집이 처음부터 있었던 것은 아니다.

1887년 홈즈와 왓슨이 첫 선을 보인 『주홍색 연구』가 출간되었을 때 베이커 거리는 85번지까지만 있었다. 따라서 1890년대에 홈즈가 큰 인기를 끈 이후 이곳으로 편지를 보낸 사람들은 그렇게 고대하던 답장을 받지 못했다.

그런데 애비내셔널(Abbey National)이라는 금융회사가 1920년대 말에 이곳에 터를 잡았다. 건물이 워낙 커서 베이커 거리 219~229번지 지번을 받았다. 그래서 홈즈의 집 주소에 이 회사가 위치하게 되었다. 회사는 셜록 홈즈 비서를 두는 게 홍보에 유리하다고 판단해 홍보 담당자에게 홈즈에게 오는 편지의 답장을 쓰는 업무를 맡겼다. 그렇게 해서 홈즈의 비서가 탄생하게 되었다.

크리스 배즐린턴(Chris Bazlinton)은 7대 셜록 홈즈 비서로 1975년부터 7년간 애비내셔널의 홍보 담당으로 일하면서 이 일을 겸직했다. 그는 비서로 일한 동안 총 6,000여 통의 편지를 받았다. 일 년에 857통, 하루에 2통이 넘는 편지나 엽서가 왔다. 그는 이 글에 일일이 답장을 보냈다.

편지 내용은 다채롭다. 사진을 보내달라는 사람, 당신과 결혼하고 싶다는 여성 독자······. 어려운 사건을 해결해달라는 내용도 제법 있었다. 대표적인 게 버뮤다 삼각지대의 미스터리를 해결해달라는 요청이었다. 이 지대는 미국 플로리다와 버뮤다, 푸에르토리코를 잇는 대서양의 버뮤다제도 주변의 삼각형 지역을 말한다. 이곳을 지나던 선박과 항공기 수십 척이 흔적 없이 사라진 사건이 자주 발생했다. 미국의 수사기관이 나섰지만 아무런 단서도 발견하지 못했다. 6,000여 통의 편지 절반은 미국 독자가 보냈는데 1963년 존 에프 케네디 대통령의 암살을 수사해달라고 부탁한 편지도 자주 왔다.

편지를 보낸 독자는 세계 각국에 퍼져 있다. 냉전 시기인데도 북한을 제외하고 러시아, 폴란드 등 공산권 팬도 자주 편지를 보냈다. 뉴질랜드, 호주, 일본과 같은 자유세계의 팬들은 물론이고. 1980년대 초 런던 주재 소련 공산당 기관지《프라우다》특파원은 비서 배즐린턴과 이따금 술 한잔 마시며 소련 독자의 편지를 번역해주기도 했다.

애비내셔널은 1990년 이주했다. 금융기관이 이사하면서 홈즈 비서직은 없어졌다. 이후 민간업자가 인근에 셜록 홈즈 박물관을 열었다. 박물관이 있는 주소는 239번지다. 2015년 8월 필자가 박물관을 방문했을 때 세계 각지에서 보낸 편지가 일부 전시되어 있었다. 박물관으로도 팬들의 편지가 계속 오고 있다.

7대 비서 배즐린턴은 영국의 주간 뉴스 매체 이코노미스트가 발행하는 월간지《1843년》에서 이렇게 소회를 밝혔다. "내게 개인적인 소중한 것이기에 편지를 보관하고 있다. 누군가의 삶에 작게나마 관여했었기에." 그는 6,000통이 넘는 편지를 집에 보관 중이라고 한다.

우리는 소중한 추억을 되새기며 어려움을 이겨내곤 한다. 어렸을 적에 그렇게 재미있게 읽었던 홈즈도 많은 사람에게 지울 수 없는 추억이다.

4장

〔 더시티 〕

"대영제국의 놈팡이들이 모여드는
거대한 오물 구덩이"

"음, 최소한 걱정 없이 살기는 하는 것 같아요.
일 주일에 두세 번은 런던 금융가로 갑니다.
남아프리카 금광 주식에 관심이 아주 많지요."

— '귀환'편의 「자전거 타는 사람」

당시 영국 사회의 속살을 들여다볼 수 있는 잣대 중 하나가 그 당시 출간된 문학 작품이다. 코난 도일 역시 소설에서 런던 안의 런던, '더시티The City'를 낱낱이 보여준다. 13세기 초부터 자치권을 행사한 '더시티' 속으로 들어가 보자.

/ 기자보다 거지 /

명망 있는 집안의 아들이 일류 대학을 나와 런던에서 저명한 신문사의 기자로 일하고 있었다. 그러던 그가 자발적으로 거지가 되었다. 구걸해서 버는 돈이 기자 월급보다 몇 배 더 많았기 때문이다. 엄청난 스트레스를 받으며 취재할 필요가 없었다. 좋은 집안의 여자와 결혼해 자식도 낳고 남부럽지 않게 살던 그가 어느 날 비밀이 드러날 위험에 처한다. '모험'편의 「입술이 비뚤어진 사내」에 나오는 도저히 믿을 수 없을 듯한 이야기다.

어떻게 이런 일이 일어났을까. 해답은 런던 안의 런던이라 불리는 '더시티^{The City}'에 있다. 시티에서 C가 대문자다. 정식 이름은 'The City of London'이지만 보통 '더시티'라고 부른다. 금융기관들이 밀집한 구도심이다.

런던 동쪽 빈민가 이스트엔드의 아편굴에서 남편 네빌을 발견한 아내는 깜짝 놀랐다. 남편도 아내를 본 후 소리를 지르고 손을 흔들었다. 아내가 아편굴에 들어가려 했지만 인도인 주인이 무지막지하게 막았다. 경찰을 대동해 남편이 손을 흔들던 방으로 겨우 들어갔지만 남편의 흔적은 오리무중. 다만 남편이 입었던 옷과 아이들에게 준다며 사놓은 블록이 방안 여기저기에 흩어져 있다. 템즈 강변에 있던 이곳의 인근 강물이 빠져나가자 남편의 윗옷이 발견되었다. 남편이 있던 집 창가에는 핏자국도 있었다. 당연히 살인 사건의 정황이 짙다. 홈즈는 노인으로 변장해 일 주일 넘게 아편굴에서 단서를 찾으려 노력했으나 헛수고였다. 행방이 묘연하던 남편이 아내에게 자필 편지를 보낸 후에야 홈즈는 자신의 실수를 알아차린다. 독한 담배 30그램을 다 태우며 그 동안의 수사 과정을 복기한 뒤에야 단서를 찾았다. 그만큼 해결이 어려운 사건이었다.

대체 무슨 일일까? 네빌은 우연한 기회에 걸인 행세를 한 후 돈 맛을 알게 되고 직업 거지가 되었다. 석간지 기자로 일하던 그는 어느 날 편집장으로부터 거지 취재를 지시받는다. 대학 때의 분장 실력을 십분 발휘해 입술 한쪽에 반창고를 붙여 입술이 비뚤어지게 만들었다. 그리고 가장 좋은 길목에, 돈을 왕창 벌고 펑펑 쓰는 금융기관의 신사들이 모여 있는 곳에 터를 잡았다. 7시간 구걸에 1파운드 넘게 벌었다. 당시 기자는 일 주일에 겨우 2파운드를 받았다.

　네빌은 친구 보증을 잘못 서 거금 25파운드(현재 가치로 한화 약 3,200만 원), 석 달치 월급보다 더 많은 돈을 변상해주어야 했다. 할 수 없이 그는 직장에 휴가를 내고 거지 행세를 해서 돈을 다 변제했다. 일회성 취재 때문에 시작했던 일은 덫이 되었다. 이렇게 쉽게 돈을 벌 수 있는데 그까짓 체면이 뭐가 대수인가? 본격적으로 직업 거지로 나선 그는 똑똑해서 돈 많은 행인들의 농담도 잘 받아주었다. 그래서인지 거지 중에서도 벌이가 특히 좋았다. '더시티'에서 가장 유명한 거지가 된 것이다. 이렇게 구걸로 몇 년 모아 큰 집도 사고 상당액의 예금도 보유하게 되었다.

/ "욕망에 불타는 오물 구덩이" /

배울 만큼 배운 지식인을 거지로 내몰았던, 욕망이 꿈틀거리는 더시티에는 어떤 건물들이 모여 있을까?

런던의 랜드마크 중 하나인 세인트폴스 대성당은 돔 지붕까지 110미터에 달한다. 관광 필수 코스인 이곳에 올라가면 런던 시내가 한눈에 들어온다. 상쾌한 기분도 들고 시내 도보 여행 때문에 생긴 피로도 잠시나마 잊을 수 있다. 이곳에서 특히 더시티 일대를 세밀하게 관찰할 수 있다. 바로 옆에 더시티의 시장 관사인 맨션하우스^{Mansion House}, 행정관청인 길드홀^{Guildhall}, 반대쪽 끝에 런던타워와 타워브리지가 보인다. 중간에 런던증권거래소와, 중앙은행인 영국은행, 로이즈보험회사가 눈에 들어온다.

더시티에 있는 로얄익스체인지^{Royal Exchange}도 빼놓을 수 없다. 왕의 즉위나 의회의 해산 같은 중요한 국가 행사를 대중에게 알리는 것도 이 건물 계단에서 이루어진다. 지배층이 모이는 런던의 런던에서 국사를 알리는 것이 관례였다. 원래 16세기 중반부터 상인들이 만나 거래를 하는 중심지였는데, 19세기 중반에 웅장하게 다시 지어졌다.

타워브리지의 우편번호는 'London SE1'이다. 런던 남동쪽^{South East}의 시작점이라는 의미이다. 숫자 1은 남동쪽이 시작되는 곳이고, 숫자가 커질수록 중심 기준점에서 멀어진다. 이 정도로 더시티는 런던시의 중심이다.

홈즈 영화로 우리에게 친숙한 타워브리지는 빅토리아 여왕 치세 말기인 1894년에 완공되었다. 큰 배가 지나갈 때 다리가

런던에서 더시티의 위치. 32개 구가 있고 의회와 관공서가 있는 웨스트민스터와 더시티는 별도의 자치구이다. 중심부에 더시티가 있고 왼쪽이 웨스트민스터이다.

위로 들어올려진다. 당시 최고의 공학기술로 8년간의 공사 끝에 만들어졌고 지금도 끄떡없이 작동한다. 홈즈가 한창 활동하던 때에도 이 다리가 런던을 지키고 있었다.

더시티는 면적이 약 1제곱마일이어서 흔히 '스퀘어마일^{Square Mile}'이라는 별칭으로도 불린다. 홈즈가 활동하던 1890년대, 이곳에는 증권회사 및 기타 주식 중개거래소가 200개 넘게 자리잡고 있었다. 자본주의 발달의 절정에 있던 시기에 런던의 중류층은 손쉽게 주식이나 채권에 투자할 수 있었다. 글 첫머리에 인용된 가정교사의 주인도 남아공에서 꽤 큰 돈을 번 듯, 하는 일 없이 일 주일에 두세 번 더시티의 증권회사를 찾는다.

왓슨의 의사 친구들도 주식이나 채권에 투자하곤 한다. 오랜

더시티의 마천루. 사진 왼쪽의 제일 높은 건물이 22 Bishopsgate. © Diliff, CC BY-SA 3.0

만에 룸메이트를 만난 홈즈는 왓슨이 남아공 주식에 투자를 권고하지 않을 것이라고 정확하게 맞힌다('귀환'편의 「춤추는 사람」). 당시의 투자 붐이 어땠는지 짐작할 수 있는 대목이다.

탐욕으로 가득한 더시티에서의 사기와 흉악 범죄도 책에 흔히 등장한다. '회고록'편의 「주식 중개인」에서 의뢰인 홀 파이크포트는 더시티의 유명한 증권회사 '모슨앤윌리엄슨'에서 일할 예정이었다. 그런데 낯선 사람이 찾아와 그가 받는 연봉의 2.5배를 줄 테니 버밍엄에 와서 일해달라고 한다. 연봉이 낮아도 안정적이고 유명한 회사에서 일하려 했으나 그 자리에서 두 달치 급여를 주며 간곡히 부탁하자 거절하지 못한다. 홀은 허름한 버밍엄의 사무실에서 눈코 뜰새 없이 바빠 현장을 뜰 수가 없다. 자신을 버밍엄에 붙잡아 놓고 런던에 가지 못하게 한 점이 뭔가 이상하다고 느낀 그는 겨우 말미를 내서 홈즈를 찾아왔다.

알고 보니 홀이 면접 없이 증권회사에 입사할 예정임을 알아낸 범인 중 한 명이 홀의 신원을 도용해 '모슨앤윌리엄슨'에 입사한 것이다. 그리고 대담하게도 한적한 토요일 오후에 무장 강도 행각을 벌인다. 현장 직원을 총으로 사살하고 미 철도 채권 10만 파운드를 커다란 여행 가방에 넣어 도주했다. 하지만 현장을 순찰 중이던 경찰과 난투극 끝에 체포되었다. 10만 파운드는 약 131억에 달하는 돈이다. 헐리우드 영화에서나 볼 수 있는 대담한 범행이다.

버밍엄으로 홀을 불러들여 붙잡아 두었던 다른 한 명의 범인은 유대인이었다. 책에는 이렇게 묘사되어 있다. "검은 머리와 검은 눈에 코가 '빛나는' 사람이었다." 여기서 '빛나는sheeny'은 당시 유대인을 경멸하는 단어였다. 당시 유대인에 대한 편견이 그대로 드러나 있다.

또 하나 주목할 것이 당시 더시티에 있던 200개가 넘는 증권회사나 투자 자문회사가 때때로 부도가 났다는 점이다. 위의 청년 홀은 원래 더시티의 '콕슨앤우드하우스'에서 일했으나 이 회사 역시 부도가 났다. 남미 베네수엘라에 거액을 대출해주는 일에 연루되었는데 베네수엘라가 사실상 부도처리되었기 때문이다.

미국의 철도회사가 부족한 자금을 마련하려면, 또는 베네수엘라가 채권이나 국채를 발행하려면 글로벌 도시 런던의 더시티를 찾아야만 했다. 돈을 굴려 돈을 버는 증권회사의 경우 '하이 리스크, 하이 리턴high risk high return'에 따라 모험을 감행하다가 부도가 난다. 1830년에 스페인으로부터 독립한 베네수엘라는 10~20년에 한 번 꼴로 국가가 외국인 투자자들에게 빚을 갚지 못해 파산했다. 코난 도일은 당시 베네수엘라의 부도에서 힌트를 얻어 이야기를 구성했다.

'모험'편의 「빨간 머리 연맹」과 '마지막 인사'편의 「세 명의 개리뎁」 역시 더시티를 무대로 이야기가 펼쳐진다. 머리가 비상한 은행 강도와 미국의 위조 지폐범이 각각 '한탕'하려고 어리숙한 의뢰인을 일터나 숙소에서 떠나게 한다. 은행 강도는 전당포 주인을 가게 밖으로 유인해 다른 사무실에서 하루 네 시간 백과사전 베끼는 일을 시키고 고액을 지불한다. 알고 보니 월급의 절반만 받으며 성실하게 일하던 가게 조수가 강도와 한 패였다. 주인이 없는 시간에 지하 터널을 파서 은행 금괴를 강탈하려 한다.

더시티에서 주식 투자로 큰 손해를 보고 눈에 보이는 게 없어져 손실을 만회하려고 범죄를 저지르는 사람이 종종 있었다. '회고록'편의 「해군 조약문」에서 주식 투자로 크게 손해를 본 조지프도 그런 사람 중 한 명이다. 당시 프랑스와 러시아는 영국과 이탈리아가 체결할 조약을 미리 알아내려고 혈안이 되어 있었다. 조지프는 곧 매제가 될 외교관의 안위는 안중에도 없다. 매제가 일하는 외교부에 잠입해 그 조약문을 몰래 훔쳐 거액을 손에 넣으려다 홈즈의 수사망에 걸리고 만다.

'마지막 인사'편의 「브루스 파팅턴 잠수함 설계도」에서는 돈 때문에 살인도 일어난다. 비밀리에 개발 중이던 잠수함 설계도가 도난당했는데, 범인은 주식으로 쫄딱 망한 대령. 그는 5,000 파운드(현재 가치로 약 6억 5,000만 원)를 받고 첩자에게 설계도를 넘기려 하던 중 무기창에서 일하던 젊은 직원에게 발각된다. 첩자는 이를 숨기려 젊은 직원을 살해했고 대령은 살인 사건의 공범이 되었다.

『주홍색 연구』에서 왓슨은 런던을 "대영제국의 모든 놈팽이들이 모여드는 거대한 오물 구덩이"라고 표현했다. 글로벌 메트로폴리스 런던. 그중에서도 더시티는 런던 안의 런던으로, 돈이라는 욕망이 활활 타오르는 강력한 불꽃이었다. 사람들은 불나방처럼 그 불꽃에 돌진해 불살라졌다. 백 년이 훨씬 지난 지금도 욕망의 행진은 계속되는 듯하다.

코난 도일은 자서전 서문에서 "찢어지게 가난한 삶과 풍족한 삶"을 다 경험했다고 썼다. 그는 대부분의 홈즈 책이 출간된 잡지《스트랜드》뿐만 아니라 호주의 광산과 영국의 여러 철도 회사, 극장 등 다양한 분야에 투자했을 정도로 재테크에도 관심이 많았고 돈도 많이 벌었다. 이런 그의 관심이 '경전' 전반에 잘 드러나 있다.

런던을 방문한다면 지하철역 리버풀 거리에서 내려보자. 그 인근이 더시티다. 수십 층 높이의 마천루가 즐비한 이 길을 걷다 보면 여기저기에 안내판이 있어 이곳의 역사를 말해준다.

런던 안의 런던 '더시티'

기원전 55년부터 2년간 로마의 율리우스 카이사르는 영국을 침략했다. 침략군은 굽이굽이 흐르는 템스강 어귀에 배를 대고 현재의 더시티 인근을 점령하여 성벽을 쌓았다. 기원전 54년 런던을 정복한 카이사르는 이곳에 "대규모의 잘 조직된 부족 거주지가 있었다"라고 적었다. 2차 침입이 있던 서기 41년(당시 로마는 클라우디우스 황제)에 로마군들은 바로 강 건너 더시티 지역에 영국을 통치하는 데 필요한 행정 건물 등을 지었다. 2,000여 년 전부터 더시티는 런던 안의 런던이었다. 물론 로마제국이 세운 도시가 1,800여 년이 훨씬 지나 또 다른 제국의 중심이 된 것은 역사적 우연이다.

홈즈가 활약하던 시대의 더시티는 돈이 넘쳐났다. 이방인들도 이곳의 번영에 기여했다. 세계 최초의 통신사인 로이터(Reuters)는 1851년

10월 런던증권거래소(The London Royal Exchange) 안에 설립되었다. 설립자 파울 율리우스 로이터(Paul Julius Reuter)는 원래 독일인이다. 베를린에서 출판업에 종사하던 그는 1848년 유럽을 휩쓸었던 2월혁명의 와중에 파리를 거쳐 런던으로 왔다. 그는 당시 발명된 전보를 활용해 속보 중심의 경제 뉴스를 금융기관과 증권회사 등에 제공했다. 파울은 글로벌 도시 런던, 그 안에서도 더시티에 가장 많은 고객이 있었기에 이곳에 터를 잡았다.

독일 출신의 유명한 금융 가문 로스차일드(Rothschild)는 이보다 먼저 런던에 둥지를 틀었다. 가문의 창립자인 마이어 암셀은 5명의 아들을 각각 프랑크푸르트와 런던, 파리, 빈, 나폴리에 보내 그곳에 금융기관을 설립해 활동하도록 했다. 이 가운데 가장 성공한 사람이 19세기에 런던 금융가를 주름잡았던 네이선 마이어(Nathan Mayer)다. 네이선은 19세기 초 나폴레옹 전쟁 등 유럽 각국이 전쟁을 벌일 때 자금을 공급했다. 네이선 없이는 전쟁도 불가능하다는 말이 나올 정도였다.

오늘날에도 더시티는 건재하다. 2021년 말을 기준으로 더시티의 금융산업은 영국 국내총생산(GDP)의 7퍼센트에 세수의 11퍼센트를 차지한다. 1제곱마일 조금 넘는 곳에 영국의 부가 고밀도로 집중되어 있다. 영국은 서방 선진국 가운데 서비스업 비중이 꽤 높다(2021년 말 기준으로 전체 산업의 79.2퍼센트 차지). 19세기 말 대영제국의 절정기부터 키워온 금융산업이 아직도 굳건하다. 영국에서 흔히 음모론 하면 더시티의 대자본이 돈을 갖고 사회를 흔드는 것을 말한다. 우리에게 익숙한, 정보기관이 사회를 조작한다는 음모론은 미국에서 나온 이야기다.

더시티는 13세기 초부터 자치권을 행사해왔고 자체 경찰도 보유하고 있다. 런던시 전체를 관할하는 직선 시장과 별개로 로드 메이어(Lord Mayor)라 불리며 추대되는 시장도 있다. 명예직으로 보수를 받지 않고 일하며 관사는 앞에서 소개한 맨션하우스다. 보통 외국의 귀빈이 영국을 방문하면 시장이 영접하며 성대한 환영 행사를 열어준다. 2004년 12월 1일부터 이틀간 고 노무현 대통령이 엘리자베스 2세의 초청으로 영국을 국빈방문했다. 당시 노 대통령은 더시티의 길드홀에서 열린 만찬에 참석해 영국 재계 지도자들 앞에서 두 나라의 경제 교류 강화를 역설했다. 케임브리지 대학교에서 박사 과정에 있던 나도 초청을 받아 더시티의 만찬에 참석했었다. 전통 의상을 입은 더시티의 명예시장과 여러 관리들이 나와 먼 곳에서 온 손님을 극진하게 환대했다.

2004년 12월 2일 고 노무현 대통령을 위한 더시티의 만찬 메뉴 첫 페이지. 더시티의 로드 메이어가 보인다.(촬영 및 소장 안병억)

수백 년의 역사를 지닌 더시티. 기회가 된다면 천천히 걸으며 음미해볼 만한 곳이다. 스탠더드차터드, HSBC와 같은 영국의 대형 은행뿐만 아니라 골드만삭스, UBS 등의 글로벌 투자은행이 이곳에 줄지어 들어서 있다. 2020년에 비숍스게이트 구역의 22번가에 278미터 높이의 62층 건물이 세워졌다. 유리 캐노피가 어디서나 보이는 건물로, 더시티의 새로운 랜드마크가 되었다.

5장

[정의]

"약자를 보호해야 할 경찰이
되려 탄압했다니!"

"석연치 않은 점이 있다니요?
이 사건보다 더 확실하고 분명한 사건이 어디 있소?"

— '귀환'편의 「노우드의 건축업자」

경찰이나 탐정에게 정의를 기대하는 건 당연하다. 증거를 갖고 철저한 과학수사를 통해 범인을 단죄하기 때문이다. 그러나 '경전'에서 경찰이 엉뚱한 사람을 범인으로 몰아세우는 경우가 가끔씩 나온다. 그래서 "지나치게 명확한 사실만큼 더 기만적인 것은 없다"며 경찰과 다른 시각으로 접근하고 수사하여 진범을 잡고야 마는 홈즈는 더 특별한 존재일 수밖에 없다.

단편 56편 가운데 최소 10편에서 명탐정은 진범을 찾아 억울한 사람이 피해를 보지 않게 해준다. 홈즈를 만든 코난 도일은 피조물의 이런 활동에만 만족하지 않았다. 본인이 직접 사건에 뛰어들어 정의를 구현하고자 했다. 이른바 '영국판 드레퓌스 사건'에서다. 코난 도일은 인종 등의 이유로 누명을 쓴 사람들을 위해 사건의 진실을 파헤쳤다.

'귀환'편의 「노우드의 건축업자」는 욕망으로 똘똘 뭉쳐 완전 범죄를 노리는 은퇴한 건축업자 이야기를 다룬다. 20대 중반의 변호사 존 헥터 맥팔레인이 이른 아침 산발한 채 황급히 베이커 거리를 찾는다. 그는 살인에다 방화까지 저질렀다는 혐의를 받고 경찰에 쫓기고 있다. 경찰에 체포되기 직전 그는 홈즈에게 억울함을 호소한다. 그에 따르면, 이름은 들어보았지만 한 번도 만나본 적 없는 사람이 자신을 찾아와 유산을 다 물려주겠다고 했다. 맥팔레인은 그의 집으로 찾아가 공증서류 등을 작성했다. 그런데 그 사람이 다음날 죽은 채 발견되었다.

경찰이 보기에 현장 증거가 명확했다. 맥팔레인이 유산을 물려주겠다는 조나스 올더커의 집에서 밤늦게까지 유서 작성 공증을 했다. 맥팔레인이 떠나고 얼마 후 집 뒤편 목재 야적장에서 불이 났다. 집주인은 보이지 않고 화재 현장에서 숯덩이가 된 유골 비슷한 것이 발견되었다. 침실에는 핏자국이 남아 있었고, 바닥에 떨어져 있던 맥팔레인의 지팡이에도 피가 묻어 있었다. 금고가 열려 있었고 중요 서류가 방 여기저기에 흩어져 있었다.

반면에 맥팔레인이 말해준 사건 경위는 이렇다. 그날 오후 변호사는 전혀 모르는 사람인 건축업자 올더커의 방문을 받았다. 어머니로부터 한두 번 이름을 들어봤지만 만난 적은 없었다. 그런데 올더커는 전 재산을 맥팔레인에게 물려주겠다며 유서를 검토하고 공증해달라고 요청했다. 올더커의 집을 방문한 변호사는 관련 서류를 검토하고 유서 작성을 하느라 밤늦게까지 일했다. 이후 그의 집을 나와 인근 호텔에서 묵었다.

경찰은 사건 발생 직전까지 현장에 있던 변호사를 유력한 용의자로 보고 오로지 이 사람에게만 모든 수사력을 집중한다. 하지만 억울하다는 용의자의 호소를 들은 홈즈는 경찰과 다른 방향에서 수사를 시작한다.

홈즈는 경찰이 주목하지 않은 유서의 문제점을 파악한다. 올더커가 변호사에게 제출한 유서에서 전혀 알아볼 수 없는 부분이 세 군데나 있었다. 유서처럼 중요한 문서를 글씨도 제대로 알아보지 못하게 썼다는 점, 더군다나 변호사를 방문하러 오는 기차 안에서 급히 유서를 썼다는 점은 상당히 의심쩍다.

홈즈는 왜 올더커가 전혀 알지도 못하는 젊은 변호사에게 유산을 물려주려 했으며, 유언장을 제대로 알아보지도 못하게 작성했을까에 가장 큰 의문을 품는다. 이 의문들을 먼저 명쾌하게 풀어야만 살인과 방화 사건을 해결할 수 있다. 그런데 경찰은 살인과 방화 사건에만 집중한다. 번지수를 잘못 찾는 형국이다.

범죄 동기에 강한 의구심을 느낀 홈즈는 변호사의 어머니를 만나 올더커의 성품을 전해 듣는다. "그 작자는 사람이 아니라 사악하고 교활한 원숭이 같아요"라고 말한다. 어머니는 젊었을 때 그 건축업자와 파혼했음을 밝혔다. 또 하나 홈즈는 건축업자의 금융 거래에서 이상한 점을 발견한다. 이미 여러 번 다른 사람에게 돈을 이체해 그의 통장에는 잔고가 얼마 남아 있지 않았다. 유산이라고 해봤자 몇 푼 안 된다. 탐정 듀오는 응당 이 부분에 수사를 집중한다.

건축업자는 완전 범죄를 노렸다. 업자의 현관 입구 벽에 변호사의 핏자국이 남아 있었고 이 지문이 변호사의 것과 일치했다. 그러나 현장을 꼼꼼히 수사한 홈즈는 전날 조사했을 때는 분명 없던 지문이 갑자기 나왔다는 점을 상기한다. 경찰은 이 지문을 결정적인 증거로 간주해 변호사를 범인으로 생각했지만, 홈즈에게는 지문이 오히려 진범을 잡는 증거가 되었다. 경찰은 전날 사건 현장 감식에서 지문에 전혀 신경쓰지 않았고 지문을 채취하려고도 하지 않았다. 하지만 홈즈는 없던 지문이 갑자기 발견된 이유를 추론해내기 시작했다.

교활한 건축업자는 집 안 비밀 은신처에 숨어 있었다. 홈즈는 경찰관 몇 명을 대동하고 은신처 인근에 불을 피우고 소리를 질러 숨어 있던 건축업자를 나오게 만들었다.

경찰 방식대로 수사가 진행되었다면 죄없는 청년이 살인자로 수십 년을 복역해 그의 인생은 망가졌을 것이다. 반면에 완전 범죄를 계획한 탐욕스런 자는 아무 거리낌 없이 잘 살았을 것이다. 그러기에 공권력 행사는 아주 신중해야 하며 억울한 사람이 없게 해야 한다. 그런데 경찰에 체포된 건축업자의 반응이 가관이다. 내가 무슨 해를 끼쳤느냐며 오히려 큰 소리를 친다.

경찰의 반응도 이번에는 솔직하다. 런던 경찰청의 레스트레이드 경감은 홈즈에게 "그 어느 때보다 놀라운 일을 했습니다. 무고한 젊은이의 인생을 구했을 뿐만 아니라 하마터면 경찰관으로서의 명성에 큰 흠집이 날 만한 스캔들에서 나를 구해줬습니다"라고 홈즈에게 진심 어린 감사를 표한다.

'회고록'편의 「실버 블레이즈」, '모험'편의 「버릴 코로넷」, '귀환'편의 「블랙 피터」, '사건집'의 「토르 다리 사건」에서도 유사한 일이 발생한다. 경찰의 오류를 홈즈가 바로잡는다.

이제 스스로 탐정이 된 작가 아서 코난 도일 이야기를 해보자. 코난 도일은 경찰의 비위와 조직 보호를 경멸하며 분노했다. 스스로 홈즈가 되어 2건의 '영국판 드레퓌스 사건' 해결에 소매를 걷어부치고 나섰다.

/ 영국판 드레퓌스 사건에 뛰어든 코난 도일 /

20세기 초 잉글랜드 중부의 자그마한 시골 동네. 인도 태생의 성공회 목사가 사역 활동을 하고 있었다. 그런데 그는 이따금 욕설과 인종차별적인 내용이 담긴 익명의 편지를 받았다. 그러던 중 마을에서 몇 달간 양과 말 수십 마리를 정교하게 잘라 죽이는 사건이 계속 발생한다. 변호사로 일하던 목사의 아들이 범인으로 체포되었다. 하지만 그는 지독한 난시여서 5미터 이상은 거의 보지 못한다. 그런 그가 한밤중에 철길과 철조망, 울타리를 건너 한참 떨어진 농장으로 가서 가축을 잇따라 죽인다? 과연 가능할까? 영국에서 실제로 일어난 일이다.

이 말도 안 되는 부정의를 바로잡기 위해 코난 도일이 뛰어들었다. 아내 루이제가 13년간의 투병생활 끝에 1906년 결핵으로 사망한 후 극심한 우울증에 빠져 있던 코난 도일을 일깨운 것이 바로 이 조지 에달지^{George Edalji} 사건이다. 빅토리아 시대의 도덕성을 지녔던 그는 인종차별 때문에 무고한 사람이 범죄자가 되는 것을 두고 볼 수 없었다.

조지는 양과 말 등 가축을 난도질해 죽였다는 혐의로 1903년 7년형을 선고받고 3년을 복역 후 1906년 말에 아무런 설명도 없이 석방되었다. 일부 시민들이 그의 무죄를 입증하는 운동을 산발적으로 전개했기 때문이었다.

조지는 코난 도일에게 자신의 사건 기사들을 모아 보내며 무죄 입증에 도움을 달라고 요청했다. 코난 도일은 그를 만난 후 사건 현장인 잉글랜드 중부 스태퍼드셔^{Staffordshire}에 있는 마을로 찾아가 증거를 수집했다. 코난 도일이 홈즈가 된 셈이다.

런던에서 조지를 만나본 코난 도일은 단번에 그가 난시임을 알아차렸다. 신문을 읽는데 바로 앞에서도 간신히 알아보는 것을 목격했기 때문이다. 그렇다면 경찰은 알리바이가 명확한 그를 왜, 어떻게 범인으로 몰아갔는가? 더구나 법대를 우수한 성적으로 졸업한 후 인근 대도시 버밍엄에서 변호사로 성실하게 근무하는 평판 좋은 청년이었는데 말이다.

그 지역의 경찰서장은 당시 유행한 인종범죄학을 근거로 조지를 기소했다. 서장은 이탈리아의 범죄학자 체사레 롬브로소 Cesare Lombroso의 인종별 범죄인 유형화를 신봉했다. 19세기 말에 롬브로소는 범죄는 유전되며 신체 결함으로 범인을 찾아낼 수 있다고 주장했다.

서장은 그의 이론에 따라 눈이 튀어나오고 검은 피부의 조지를 범인으로 단정했다. 그리고 상설 법원보다 유죄를 받기 쉬운 비정기적으로 열리는 계절 법원에 그를 기소해 투옥시켰다. 가축을 대량으로 잘라 죽이는 사건이 장기간에 걸쳐 발생했지만 범인을 잡지 못해 혹독한 비난에 시달리던 경찰이 서둘러 그를 기소해버린 것이다. 경찰은 재판에서 아들과 아버지가 동성애자라는 근거 없는 중상모략까지 서슴지 않았다.

"시골 잉글랜드의 보수적이며 배타적인 교구에 인도 출신의 목사가 아들과 함께 거주하는 것을 주민들은 내심 그리 좋지 않게 보았다"라고 사건 현장을 수사한 코난 도일은 자서전에 썼다. 그는 사건을 조사한 후 유력한 용의자까지 제시했다. 가축을 절단해 죽이려면 칼을 잘 쓰는 사람이어야 한다. 이게 상식 중의 상식이다. 코난 도일은 그 마을에서 갱으로 활동하던 푸줏간의 아들을 진범으로 제시하기까지 했다. '회고록'편의 「실버 블레이즈」도 이 실제 사건에서 착안했다. 경주마의 발을 잘라 경마 도박에서 큰 돈을 벌려는 범인이 등장한다.

코난 도일은 경찰에 공식 재조사를 요구했지만 단칼에 거절당했다. 할 수 없이 그는 최강의 무기 '펜'을 들었다. 1907년 1월 11일에서 12일에 일간지《데일리 텔리그래프Daily Telegraph》에 자신이 조사한 내용을 상세하게 썼다. 다른 일간지도 이를 전재할 수 있도록 저작권을 포기했다. 셜록 홈즈의 작가가 사건을 수사해 글을 쓰다니, 당연히 독자들은 경찰과 내무부에 거세게 항의했다. 그리고 코난 도일의 글을 게재한 일간지는 조지를 위해 300파운드(현재 가격으로 약 3,600만 원)를 단번에 모금했다.

"약자를 보호할 의무가 있는 경찰이 되려 약자를 구속하고 탄압했다니! 잉글랜드 사법의 오점이다. 이 오점을 말끔히 제거해야 한다. 제정신이 있는 판사라면 그런 말도 안 되는 경찰의 증거를 받아들일 수 없을 것이다."

그는 자서전에서 분노에 차 경찰을 힐난한다.

코난 도일의 펜은 그 어떤 칼날보다 매섭게 경찰과 당국을 후벼팠다. 그는 이 사건을 '영국판 드레퓌스 사건'으로 비유하기까지 했다.

그러나 경찰은 잘못을 인정하기보다 펄쩍 뛰며 작가를 비난하기에 급급했다. 셜록 홈즈를 창조한 작가가 직접 현장에 뛰어들어 사건을 수사하고 언론에서 맹공을 퍼부으니 무엇이라도하는 시늉을 해야 했다. 결국 내무부는 진상조사위원회를 만들어 조지를 사면했다. 조지는 겨우 변호사 업무를 재개할 수 있었다. 사면을 받았지만 아무런 배상도 없었다. 경찰이나 내무부의 누구도 이 사건 때문에 처벌받지 않았다.

코난 도일은 경찰 조직의 부패를 절감했다. 조직 보호가 정의보다 앞선다는 그들의 인식을 깨닫고 충격을 받았다고 자서전에 담담하게 쓴다.

/ 외국인이자 유대인이라는 이유로 /

얼마 지나지 않아 스코틀랜드에서도 유사한 사건이 발생했다. 1908년 12월 21일 스코틀랜드의 글래스고에서 83세의 부유한 할머니 마리온 길크라이스트가 곤봉에 맞아 처참하게 살해당했다. 경찰은 인근에 거주하던 독일 출신의 유대인 오스카 조지프 슬레이터Oscar Jospeh Slater를 범인으로 기소했다. 살인 사건이 일어나기 며칠 전 이곳을 방문한 사람이 '앤더슨'을 찾았다는 게 경찰이 보유한 유력한 증거였다. 오스카가 이전에 썼던 이름이

'앤더슨'이었다.

　오스카는 사건 발생 후 5일이 지나 미국 뉴욕으로 떠났다. 하지만 영국 경찰이 뉴욕 경찰에 범죄 용의자 인도를 요구하자 무죄를 자신한 그는 자발적으로 귀국했다. 오스카는 재판에서 사형을 선고받았으나 변호사가 2만 여 명의 탄원서를 제출해 겨우 19년으로 감형되었다. 이 유대인은 스코틀랜드의 오지에 소재한 교도소에 갇혀 세간의 뇌리에서 까맣게 잊혀진 채 살아가야 할 운명이었다. 오스카는 절박한 심정으로 만기 출감하는 동료에게 부탁해 무죄임을 주장하는 자필서를 코난 도일에게 전달했다.

　코난 도일은 이번에도 수사에 착수했다. 경찰이 사실을 확인하기 전에 범죄를 단정했을 뿐만 아니라 범인도 짜맞추었음을 그는 확인했다. 오스카는 독일인이자 유대인이며 여기에 더해 노름꾼이어서 유력한 용의자로 낙인찍기에 안성맞춤이었다. 코난 도일은 반유대주의와 외국인 혐오에 젖어 있던 스코틀랜드 경찰이 증거를 짜맞추어 아무 죄도 없는 오스카를 단죄했다고 결론지었다.

　코난 도일은 1912년 여름 『오스카 슬레이터 사건The Case of Oscar Slater』이라는 책을 출간했다. 일간지 《더타임스》는 이 책의 서평에서 이렇게 썼다. "사건의 사실을 꼼꼼히 따져볼 때 수사와 재판 과정이 크게 불만스럽다. 또 불의가 저질러졌다고 느끼지 않을 수 없다." 코난 도일은 2년 전 출간된 다른 사람의 유사한 책을 좀 더 체계적으로 보강했다. 2년 전 책도 경찰이 상황 증거에만 의존했고 외국인이자 유대인인 그를 표적으로 삼았다고 비판했다.

하지만 코난 도일의 노력도 오스카를 석방하지는 못했다. 그러다가 오스카가 형기를 다 마칠 즈음인 1927년에 윌리엄 파크William Park가 『오스카 슬레이터의 진실The Truth about Oscar Slater』을 펴내 그 동안의 경찰 수사의 문제점을 다시 한 번 조목조목 지적했다.

결국 이런 노력에 힘입어 그는 항소심에서 무죄로 확정되어 1927년 11월 14일에 석방되었다. 19년 동안의 억울한 옥살이로 그가 받은 배상금은 6,000파운드(현재 가치로 약 3억 8,000만 원)

오스카 슬레이터 사건을 다룬 당시 신문기사

에 불과했다.

가장 엄정하게 행사되어야 할 공권력이 잘못 사용되었을 때, 이를 시정하기는 너무나 어렵다. 그리고 그 어떤 금전적 보상이라도 당사자의 억울함과 한을 풀어주기에는 턱없이 부족하다.

코난 도일은 이 두 사건을 조사하면서 살해 위협까지 받았다. 그 유명한 작가가 이 정도였다면 다른 시민들은 감히 나설 생각도 하지 못했을 터.

"공무원은 잘못을 지적해도 고치지 않는다. 오히려 조직에 충성해야 한다는 프레임이 공무원들에게 가장 중요하다"라고 그는 자서전에 썼다.

거의 120년 전에 먼 나라 영국에서 발생한 일이지만 현재 우리는 얼마나 다른가 생각해본다. 권력기관일수록 권력을 준 국민을 섬기는 것이 아니라 권력을 쥔 조직에 충성하는 일이 비일비재하다. 조직을 배신하면 나와서 밥을 굶을 각오를 해야 하기 때문이다. 권력기관일수록 조직 문화가 폐쇄적이고 내부 비리에 관대하다.

홈즈의 불법은 정당한가?

이처럼 책에서 그리고 현장에서, 홈즈와 그를 만든 작가 코난 도일은 정의의 편에서 열정적으로 활동한다. 그렇지만 탐정이 더 큰 불법을 처단하기 위해 법을 어기고 판사의 역할을 하는 것은 어떨까? 괜찮을까?

'귀환'편의 「찰스 오거스터스 밀버튼」을 보자. 밀버튼은 '경전'에서 모리아티 교수, 그림스비 로일롯(「얼룩무늬 밴드」) 등과 함께 최악질 흉악범에 속한다. 그는 스캔들이 날 만한 편지 등 각종 자료를 고가에 사들여 이를 미끼로 몇 배의 돈을 요구하며 당사자들을 협박해 엄청난 부를 축적했다. 백작과 결혼할 여성이 다른 남성에게 쓴 편지를 돌려주는 대가로 전문 협박범은 우리 돈으로 무려 9억 원 정도를 요구한다.

의뢰인을 구하려면 다른 방법이 없다. 배관공으로 변장한 홈즈는 흉악범의 집에 들어가 수리를 하는 척하며 금고 위치 등 필수 정보를 수집한다. 이어 한밤중에 그 집에 잠입하고, 왓슨도 불법임을 알지만 차마 친구를 혼자 보낼 수 없어 동행한다. 그 집에서 두 사람은 흉악범의 또 다른 여성 피해자가 그를 사살하는 현장을 목격한다. 둘은 금고에 있던 모든 스캔들 자료를 불태우고 현장을 빠져나왔다. 범죄를 목격했지만 더 큰 범죄자가 단죄되었기에 못 본 체한다.

만약 홈즈가 현장에서 잡혔다면 그의 명성은 물거품이 될 뿐 아니라 자신의 운명도 흉악범의 손에 맡겨야 했을 것이다. 탐정은 "몰래 타인의 집에 들어가 서류를 훔치는 게 법적으로는 범죄지만 도덕적으로는 정당하다"며 왓슨을 설득한다.

전문 협박범 찰스 오거스터스 밀버튼

'모험'편의 「블루 카벙클」에서도 마찬가지다. 26억 원 상당의 보석 '블루 카벙클'이 호텔에서 도난당하고 현장에 있던 수리공이 체포된다. 진범은 호텔 사무장이다. 홈즈는 수리공이 증거 불충분으로 풀려날 것이라고 확신했다. 그래서 외국으로 나가 성실하게 살겠다고 맹세하는 사무장을 풀어준다. 홈즈는 12월 27일 성탄절 연휴에 벌어진 일이고 지금은 용서의 계절이라며 자비를 베푼다. '마지막 인사'편의 「악마의 발」에서도 홈즈는 살인범인 아프리카 탐험가를 풀어준다.

아무리 홈즈라 해도 남의 집에 무단으로 침입하고, 범죄자를 용서해주는 것을 정당화할 수 있을까?

일부 셜록키언들은 호의적으로 보고자 한다. 홈즈가 이성 기계이지만 성탄절 다음날에 범죄자를 방면해주는 것은 인간적이지 않느냐고 두둔한다. 반대로 아무리 그렇더라도 그래서는 '안 된다'는 팬들도 다수다. 이래저래 홈즈는 논란을 몰고 다닌다.

프랑스를 극도로 분열시킨 드레퓌스 사건

드레퓌스 사건은 1894년 프랑스에서 유대인 장교였던 알프레드 드레퓌스가 독일에 군사 기밀을 넘겼다는 반역 혐의로 종신형을 선고받으며 시작되었다. 군 방첩대가 진범을 밝혔으나 군을 이를 무시하고 증거를 조작해 드레퓌스를 추가 혐의로 기소했다.

당시 유명한 극작가 에밀 졸라는 '나는 고발한다'로 부패한 정부와 반유대주의를 규탄했다. 결국 드레퓌스는 1906년 석방된 후 사면되었다. 당시 프랑스 언론과 지식인 사회는 드레퓌스 지지파와 반대파로 양분되었다. 거의 12년간 프랑스 언론과 지식인 사회가 이 사건을 두고 극도로 분열되었다.

6장

〔 신여성 〕

"아가씨가 내 동생이라면
가지 말라고 할 겁니다"

"홈즈 씨, 제게 가정교사 자리가 들어왔는데
수락할지 말지 정말이지 고민입니다.
홈즈 씨의 의견을 꼭 듣고 싶습니다."

— '모험'편의 「너도밤나무 집」

사회경제적 격변기에는 사고방식도 변화를 겪는다. 영국에서 처음 일어난 산업혁명이 계속되면서 전통적인 여성상도 차차 변하기 시작했다. '경전'에서 그 모습을 찾아보자.

/ 신여성 vs. 드센 여성 /

영국에서 산업혁명이 계속되면서 교육의 필요성은 점점 높아졌다. 생산성을 올리려면 근로자들이 글과 숫자를 알아야 했기 때문이다. 이에 따라 1880년에 초등교육이 의무가 되었고 이후 중등교육의 기회도 점차 확대되었다. 교육받은 여성이 증가하면서 이들을 옥죄어 왔던 고정된 역할, 여성성에도 변화가 일었고 용어에도 이런 변화가 그대로 반영되었다.

'신여성new women'과 '딸들의 반란revolt of daughters'은 1890년대 영국에서 회자된 말이다. 이전까지 여성은 현모양처가 되어 가정을 잘 꾸려 나가는 게 당연시되었다. 반면 신여성은 박애주의적인 사회봉사에 적극 나서고, 경제활동을 하며 독립적인 생활을 추구한다. 보수주의자들은 '드센 여성wild women'이라는 용어를 쓰며 이들을 폄하했다. 요조숙녀처럼 조신하게 있지 왜 설치냐는 경멸의 뜻이 담겨 있다.

같은 맥락에서 '가정의 천사'로 집안을 이끌던 어머니들은 신여성의 딸들과 곳곳에서 충돌했다. 구세대 어머니들은 결혼도 미루고 돈을 벌며 독립생활을 하는 딸들의 변한 모습에 분노하며 이들이 '반란'을 일으켰다고 한탄했다. '반란자들'은 "결혼은 선택이다. 여성이라도 응당 관심 있는 일을 할 수 있다. 이것이 새로운 시대의 새로운 가치다"라고 맞섰다.

당시 수십만 명의 독자를 거느렸던 홈즈의 '경전'에도 이런 모습이 고스란히 반영된다. 곤경을 헤쳐 나가는 젊은 여성들의 모습이 사실적으로 묘사된다. 사건 의뢰인 가운데 여성은 극소수에 불과하다. 경제적으로 여유가 있던 상류층 귀족 부인이 가뭄에 콩 나듯 나올 뿐이다. 나머지는 대부분 가정교사다. 당시 런던의 부자 동네 웨스트엔드West End에 가정교사 소개소가 제법 많았다. 홈즈와 왓슨은 의뢰인의 사건만 해결하는 것이 아니라

이들의 멘토 역할도 맡았다.

/ 신여성의 표본, 가정고사 /

당시 가정교사는 교육받은 여성이 선호하는 직업이었다. 학생 집에 들어가 함께 살며 아이들을 가르치고 보살폈다. 가정교사 양성소도 전국에 몇 군데 생긴 것으로 보아 '신여성'을 꿈꾸는 여성들의 열망이 어느 정도였는지 짐작할 수 있다. 이들은 돈을 벌고 어느 정도 대접을 받으며 독립적인 인격체로 살아갈 수 있었다.

홈즈 시리즈에서 바이올렛 헌터는 가정교사의 대표적인 캐릭터다. 글 첫머리에 인용된 편지를 보낸 후 그가 홈즈의 사무실로 들어섰다. 의뢰인은 5년간 일했다고 한다. 그런데 주인이 캐나다로 이주하는 바람에 졸지에 일자리를 잃었고 얼마 남지 않은 돈도 다 써버려 곤궁한 상황에 빠졌다. 어디 손 벌릴 부모님이나 친척도 없다. 그런데 뜻밖에 기존 연봉의 세 배를 더 준다는 자리를 제안받았다. 하지만 영 개운치가 않다. 제안한 사람은 긴 머리카락을 잘라야 한다는 생뚱맞은 요구도 했다. 무언가 석연치 않아 보이지만 워낙 곤궁한 상황이라 제안을 거절하기가 어려운 입장이다. 당연히 홈즈는 그의 절박한 상황을 이해한다. 그럼에도 "내 여동생이라면 보내지 않을 것"이라는 진심 어린 조언을 해준다. 하지만 어쩔 수 없이 가정교사로 들어가 일하던 바이올렛은 머지않아 탐정 듀오에게 도움을 요청하며 일하고 있는 집 근처로 오게 했다.

주인 남자는 바이올렛에게 자주 푸른색 옷을 입게 한 뒤 창문을 등지고 앉아 있으라고 했다. 창문 너머에는 누군가 몰래 지켜보는 사람이 있다. 또 한 가지 이상한 점은 집 2층에 비밀 공간이 있다는 것이다. 주인은 이곳에 누구도 접근하지 말라고 엄포를 놓았다. 집에는 사나운 개가 있어 이상한 사람이 접근하면 짖어 댄다.

알고 보니 재혼한 주인이 유산을 강탈하려고 사망한 아내의 큰 딸을 감금했던 것이다. 큰 딸의 약혼자는 애인이 보이지 않자 이 집 근처를 계속해서 감시했다. 주인은 약혼자를 속이려고 큰 딸과 흡사한 바이올렛을 가정교사로 채용해 헤어 스타일과 옷을 딸처럼 꾸며 창가에 앉아 있게 했다. 홈즈는 바이올렛의 생생한 증언 덕분에 이 사건을 손쉽게 해결할 수 있었다.

바이올렛 헌터는 여러 가지 면에서 '신여성'의 표본이다. 고립무원의 처지였지만 자신의 인생을 스스로 헤쳐 나간다. 해괴한 요구를 하는 그곳을 그만둘까도 생각했지만 공포심보다는 호기심이 더 강했다. 그렇기에 두렵지만 그곳에서 일하면서 사건 해결에 도움이 되는 결정적인 여러 증거를 수집한다. 연약하고 남자의 도움이 필요한 존재로 그려졌던 당시의 고전적인 여성상은 아니다.

또 흥미로운 점은 다소 여성을 멀리한 홈즈도 유독 바이올렛에게는 상당한 관심을 보이고 염려해주었다는 점이다. '항상 머리가 가슴을 지배해온' 홈즈였기에 그는 대체로 여성에게 무관심했다. 그러나 유독 바이올렛에게는 처음부터 끝까지 각별한 애정을 쏟는다. 장 제목에 인용된 것처럼 내 여동생이라면 거기에서 일하는 것을 만류하겠다며 솔직하게 상담해준다. 바이올렛이 일하러 간 후 아무 연락이 없자 홈즈는 자신도 모르게 걱정스런 말을 내뱉곤 한다. "정보가 있어야지, 정보가!"라며 "내 동생이라면 결코 그 일을 못 하게 했을 것"이라고 여러 번 되뇌었다.

바이올렛에 대한 묘사도 당시의 신여성을 보는 듯하다. "소박하지만 깔끔한 옷차림을 한, 주근깨가 덕지덕지 난 젊은 여성이 들어왔다. 총명하고 야무지게 생긴 얼굴과 활발한 태도는 세상을 혼자 헤치고 왔다는 인상을 주었다." 짧은 묘사이지만 홈즈의 호감을 엿볼 수 있다. 마지못해 바이올렛을 일하러 가게 했지만 "그녀가 비록 어려도 적어도 자신을 충분히 지킬 수 있을 듯하다"고 마음 속으로 응원한다. 해피엔딩으로 사립학교의 교장이 되어 활동 중인 바이올렛의 근황도 소개한다. 여성도 독립적인 인격체로 자기 발전을 할 수 있다는 희망을 제시해준 셈이다.

코난 도일이 신여성의 표본으로 가정교사를 자주 등장시킨 것은 그의 가족과도 연관이 깊다. 코난 도일의 여동생 중 한 명이 당시 가정교사로 일했다. 어머니를 극진히 대했던 그는 자주 편지를 주고받았다. 가정교사로 일하던 딸로부터 유사한 이야기를 전해 들은 어머니가 코난 도일에게 「너도밤나무 집」의 대략적인 플롯을 제안했다. 홈즈가 바이올렛을 친동생처럼 여기며 사건 해결의 일부 공도 그녀에게 돌리는 것은 이런 이유가 크다.

또 한 명의 유명한 가정교사는 왓슨과 결혼하는 메리 모스턴이다. 『네 개의 서명』에서 메리는 비교적 큰 비중을 차지한다. 사건 의뢰인이지만 사건 고비마다 실마리가 될 만한 이야기를 빼놓지 않는다. 인도에서 근무하던 아버지가 런던으로 휴가를 나와 딸을 만나기 직전 아무런 흔적도 없이 사라졌다. 메리는 갑자기 고아가 되었지만 굴하지 않고 가정교사로 일하고 있었다. 그런데 이후 해마다 모르는 사람으로부터 거금을 받게 된다. 이상하게 생각한 그녀는 아버지의 실종과 연관되었으리라 여겨 홈즈에게 사건을 의뢰했다. 메리의 증언을 토대로 탐정 듀오는 메리의 아버지가 연루된 식민지 인도에서의 보물 탈취와 배신 사건의 전모를 해결한다. 왓슨은 그녀의 굳건한 의지와 여성스러운 매력에 반해 결혼하게 된다.

다음 페이지의 삽화를 보자. 변장한 홈즈가 집 앞에 서서 열쇠를 찾느라 주머니를 뒤지고 있다. 오른쪽 행인이 "굿나잇 미스터 셜록 홈즈"라고 인사한다. 홈즈는 분명히 들어본 목소린데 누군가 하며 의아해한다. 56편의 단편소설 가운데 첫머리를 장식한 「보헤미아 왕국의 스캔들」의 한 장면이다. 오른쪽 행인은 홈즈를 이긴 유일한 사람인 아이린 애들러이다. 유명한 오페라 가수를 모델로 했다. 아이린은 1장 '컨설팅 탐정'편에서 간단하게 언급했다.

홈즈는 이 사건을 해결하는 과정에서 많은 고생을 했다. 그는 보헤미아 왕의 의뢰를 받아 아이린이 숨긴 편지를 찾느라 변장까지 하고는 아이린 집 앞에서 마부와 행인을 싸우게 만들었다. 이 싸움에 휘말려 일부러 조금 다쳤고, 위험에 빠진 아이린을 '우연히' 구했다. 아이린이 다친 홈즈를 집에 데려가 응급처치를 해주는 사이 홈즈는 사진이 숨겨진 장소를 찾아냈다. 보헤미아 왕이 이 가수와 찍었던 외설스런 사진이었다. 다른 나라의 공주와 결혼을 앞둔 왕은 스캔들이 날까 봐 노심초사했다.

다음날 탐정 듀오는 왕을 데리고 아이린의 집으로 가서 사진을 회수하려던 참이었다. 그런데 아이린은 편지를 남기고 이미 떠난 후였다. 자기를 진정으로 사랑하는 사람과 결혼할 것이며,

변장한 채 집에 돌아온 홈즈가 열쇠를 찾느라 바지 주머니에 손을 넣는 사이
역시 변장을 한 아이린 애들러가 '굿나잇 셜록 홈즈' 하며 지나친다.

유럽 대륙으로 떠난다고 했다. 비록 왕이 자신에게 나쁜 짓을 많이 저질렀지만 사진은 걱정하지 말라고 덧붙였다. 그제야 왕은 "참으로 대단한 여성이야. 신분만 같았다면 훌륭한 왕비가 되었을 텐데"라고 뒤늦게 후회한다. 홈즈는 "이 여자는 전하가 범접할 수 있는 수준이 아닙니다"라며 왕에게 일침을 가한다. 거액의 돈 때문에 사건을 맡았지만 뒤늦게나마 '잽'이라도 날렸다.

이 스캔들 이야기는 코난 도일에게도 각별하다. 홈즈와 왓슨을 전설적인 '버디'로 널리 선보인 작품이고 이어진 시리즈물로 홈즈가 선풍적인 인기를 끌었기 때문이다. 덕분에 코난 도일은 벌이가 변변치 않은 의사 일을 접고 전업작가의 길로 들어설 수 있었다. 그렇게 갈망했던 돈과 명예를 얻는 데 이 소설이 발판이 되었다. 코난 도일이 뽑은 최고의 작품 가운데 5위를 차지한 소설이기도 하다. 코난 도일은 '모험'편 첫 글에 수록돼 다른 소설의 길을 열어줬고 어떤 이야기보다 여성적인 요소가 들어 있다고 자평했다.

이 이야기에서 홈즈는 인색한 왕의 요청을 마지못해 수락한다. 물론 착수금으로 무려 1억 3,000만 원 정도를 받았으니 움직이지 않을 수가 없다. 이후 '경전'에서 홈즈는 가끔 왕에게 받은 고급 담배 케이스를 사용한다. 일이 마무리된 후에는 착수금의 몇 배에 달하는 보수를 받은 듯하다. 그래서 이후에는 돈이 안 되는 사건이라도 호기심이 발동하면 맡을 수 있게 되었다. 저자 코난 도일이나 탐정 홈즈에게 이 작품은 도약을 위한 발판을 마련해주었다.

이 소설에서 오페라 가수로 명성을 떨친 아이린은 당찬 여성으로 나온다. 전문직 여성으로 유명세를 떨쳤다. 그녀는 그 사진으로 왕을 협박한 적이 없었다. 왕이 지레짐작으로 미리 스캔들의 뿌리를 뽑으려 한 것이다. 뿐만 아니라 왕은 홈즈에게 사건을 의뢰하기 전에 몇 번이나 강도를 가장한 불한당을 보내 아이린의 집을 급습하고 사진을 회수하려 했다. 아이린은 이런 위협에도 굴하지 않고 품위를 지키며 진정으로 자신을 사랑하는 사람을 만나 결혼한다.

홈즈 첫 시리즈의 첫 문장은 "홈즈에게 그녀는 항상 '그 여인'이다"라고 시작한다. 정관사 '더The'를 써서 유일한 여성, 즉 홈즈가 인정해주는 유일한 여걸이라는 의미다. 왓슨은 자신의 단짝이 그녀를 존중하는 마음을 담아 '그 여인'으로 불렀다고 썼다.

셜록키언들은 왜 홈즈가 이 소설에서 아이린에게 졌을까 의아해한다. 대체로 일부러 그렇게 해주었을 것이라 추정한다. 왕의 수사 요청에 그리 내켜하지 않았지만 돈이 필요해 맡았다. 하지만 선과 악을 따진다면 아무래도 홈즈는 이 글에서 나쁜 편이었다.

홈즈 팬들은 '경전' 첫 이야기를 화려하게 장식한 아이린 애들러를 무척이나 사랑한다. 주인공이 애정을 품은 '그 여인'이니

당연히 그럴 만하다. 미국의 추리 소설 작가 캐롤 넬슨 더글라스 Carol Nelson Douglas는 『잘자요, 홈즈Good Night, Mr Sherlock Holmes』라는 책을 썼다. 아이린이 탐정에게 건넨 인사에서 제목을 따왔다. 아이린이 주인공이 되어 겪는 모험을 그린 소설이다.

1965년에는 미국에서 여성 셜록 홈즈 모험가The Adventuresses of Sherlock Holmes 모임이 결성되었다. 이들 역시 아이린 애들러에 감명을 받았다. 이 모임보다 31년 전에 미국에서 결성된 '셜록 마니아' 단체 베이커 스트리트 이레귤러스The Baker Street Irregulars, BSI는 여성 회원을 받지 않았다. 이에 분노한 여성 팬들은 왜 홈즈를 이긴 여성 모험가를 무시하냐며 뿔이 나서 다른 단체를 만들었다. 1970년대에 이르러서야 규정이 변경되어 여성에게도 BSI의 문이 개방되었다.

'경전'에 여성 의뢰인은 드물게 나온다. 이런 와중에도 가정교사는 단골로 나온다. 신여성을 대표하는 여자 가정교사는 산업혁명이 초래한 사회 변화와 여성상의 변화를 잘 보여준다. 그래서 홈즈 이야기는 단순한 탐정소설 이상이다.

episode 6

홈즈는 동성애자인가?

"홈즈는 남자 역할을 하는 동성애자일 수 있다."

영화 〈셜록 홈즈: 그림자 게임〉에서 홈즈로 나온 로버트 다우니 주니어는 언론과의 인터뷰에서 이렇게 말했다. 당연히 이 발언은 논란을 촉발했다. 곧바로 아서코난도일 재단은 이런 말이 반복되면 추가 영화 제작권을 박탈하겠다고 밝혔다.

위 논란에서 볼 수 있듯이 독자들은 유명인사의 일거수일투족에 촉각을 곤두세운다. 더욱이 유명인이 최고의 명탐정이라면 그와 관련된 발언이나 행동에 민감할 수밖에 없다. 홈즈의 동성애 의혹은 이따금 제기되어왔는데 2003년 한 책이 발간되면서 다시 논란이 되었다.

그해 그래엄 롭(Graham Robb)은 『타인들: 19세기의 동성애(Strangers: Homosexual Love in the Nineteenth Century, Picadr)』를 펴냈다. 그는

홈즈의 '경전' 60편 곳곳에 동성애임을 암시하는 어휘나 행동이 즐비하다며 하나하나 분석했다.

먼저 퀴어(queer)라는 용어와 이 말이 쓰인 때에 주목한다. 홈즈의 형 마이크로프트가 즐겨 찾는 런던 중심가의 디오게네스클럽은 "런던에서 가장 이상한 클럽(the queerest club in London)"이라고 언급된다(「그리스어 통역사」에서). 'queer'는 '이상한, 괴상한'이라는 뜻 외에 '성소수자(남자 동성애자)'를 지칭하기도 한다. 당시 유명한 소설가 오스카 와일드가 동성애 혐의로 재판을 받은 해가 1893년이다. 「그리스어 통역사」도 이 해가 배경이다. 즉 단어와 이 사건이 발생한 해를 주목해 동성애와 연관지었다.

그래엄 롭은 홈즈의 최고 적수였던 악당 모리아티 교수와의 대결 부분에도 역시 단서가 있다고 주장한다. 탐정은 런던의 베르 거리(Vere Street)에서 공격을 당한다. 이곳을 걷다가 지붕 위에서 벽돌 몇 장이 갑자기 홈즈 발 앞으로 떨어진다. 하마터면 벽돌에 머리를 맞아 횡사할 수도 있는 순간. 홈즈는 경찰을 불러 현장을 조사하게 한다. 인근 집에서 지붕을 수리하려고 옥상에 벽돌을 쌓아놓았는데 바람이 불어 떨어진 듯 보인다. 물론 탐정은 이게 우연을 가장해 자신을 죽이려는 모리아티 일당의 음모임을 간파한다.

그런데 베르 거리는 런던에서 유명한 동성애 밀회 장소였다. 1810년 이곳에서 동성애를 벌이던 몇 명의 남자들이 체포되었다. 8명이 기소

되어 2명은 형장의 이슬로 사라졌고, 6명은 공개 장소에서 모욕을 당했다. 런던의 수백 개가 넘는 거리 가운데 하필이면 왜 이 거리일까? 베르 거리하면 바로 동성애가 떠오를 만큼 유명한 사실일 터인데 말이다. 코난 도일이 이런 중요한 사실을 모르고 베르 거리를 언급했을 리가 없다는 것이 그래엄 롭의 주장이다.

이외에도 일부에서는 홈즈와 왓슨 간의 긴밀한 육체적 접촉이 묘사된 글을 증거로 들기도 한다. 두 사람이 더블 침대에 누워 있는 상황에서 다음과 같이 묘사된다. "홈즈가 살며시 내 손을 잡았다. 자신은 이 상황을 해결할 수 있고 마음이 편안하다며 나를 안심시키려 하는 듯했다."(「찰스 오거스터스 밀버튼」에서)

무엇보다도 홈즈의 동성애 의혹이 계속해서 불거지는 것은 단짝 왓슨과 20년 넘게 한 집에서 거주했다는 사실 때문이다. 하지만 당시 하숙집 룸메이트는 흔했다. 특히 런던처럼 물가가 비싼 대도시에서 생활비를 아끼려고 젊은 남성들이 함께 거주하는 경우가 많았다.

두 사람은 런던 시내 중심가 베이커 거리 221b 2층에서 1881~1904년까지 20여 년 간 함께 살았다. 왓슨이 1888년 결혼해 이곳에서 나간 몇 년은 이 기간에서 제외된다.

그런데 두 사람이 동거한 이유는 첫 소설 『주홍색 연구』에 분명하게 나온다. 2차 아프간전쟁의 부상병 왓슨은 런던에서 방황하다가 돈을 아끼려고 룸메이트를 찾으면서 홈즈를 만난다.

또「보헤미아 왕국의 스캔들」에서 왓슨은 홈즈가 여성을 멀리하는 이유를 명확하게 설명한다. 사랑이 냉철한 이성과 판단력을 흐리게 하여 결과적으로 사건 해결을 방해할까 두려워했다는 것이다.

홈즈도 같은 맥락에서 "여성은 좀처럼 내 마음을 사로잡지 못했네. 내 머리가 항상 내 마음을 지배했기 때문이지"라고 말한다('사건집'편의 「사자의 갈기」에서).

일부 셜록키언은 슈퍼맨의 크립토나이트(kryptonite)와 홈즈의 여성 멀리하기를 같은 맥락으로 해석하지만 지나친 비약이다. 슈퍼맨은 가상의 화학 원소 앞에서 힘을 잃고 기진맥진해진다. 반면에 홈즈는 여성 혐오론자가 아니며 여성 때문에 일을 못 하는 것도 아니다.

홈즈를 만든 코난 도일이 왓슨이나 홈즈의 입을 빌려 명탐정의 여성관을 때때로 언급한 것을 보면 혹시라도 불거질 논란을 사전에 차단하려 한 듯하다.

7장

❪ 옥스브리지 ❫

"캠포드의 유명한 생리학 교수
들어봤지?"

"귀하는 케임브리지에서
시간을 허비할 게 분명하오.
레슬리 암스트롱 교수가."

— '귀환'편의 「실종된 스리쿼터백」

옥스브리지^{Oxbridge}, 영국의 저명한 대학 옥스포드 대학교와 케임브리지 대학교를 합쳐 부르는 말이다. 홈즈 팬들에게 이 단어는 널리 알려져 있다. 이 말은 어떻게 생겨났을까?

'사건집'편의 「기어다니는 사람」 첫머리에서 홈즈는 왓슨에게 빨리 베이커 거리로 오라며 재촉한다. 왓슨이 2층 집에 도착하자마자 홈즈는 '캠포드^{Camford}'의 유명한 프레스버리 교수가 집에서 키우는 개에게 두 번이나 공격받았다고 말한다. 여기에서 '캠포드'란 케임브리지와 옥스포드를 합쳐 부르는 말이다.

영국의 유명한 대학교 두 개를 합쳐 부르는 단어에는 '옥스브리지'와 '캠포드'가 있었다. 두 단어가 경쟁하다가 옥스브리지가 더 널리 쓰였고 이후 캠포드는 점차 자취를 감추게 되었다. 19

세기에 이렇게 정리가 되었다. 코난 도일은 위 단편에서 당시 사용된 '캠포드'라는 단어를 썼다.

셜록키언들은 홈즈를 실존 인물이라고 믿는다. 그래서 그의 전기도 쓰며 일생을 재구성한다. '경전'에서 홈즈의 대학생활 정보를 뽑아내고 관련 사건도 분석한다. 그 경로를 따라가면서 홈즈의 모교 논쟁에 한 발 들어가 보자.

/ 케임브리지에서 벌어진 사건 /

홈즈가 활동하던 때로부터 130년이 지났는데도 철도 노선은 그대로이다. 역 이름과 길도 변하지 않았다. 런던 킹스크로스역에서 기차를 타고 한 시간 남짓 달리면 유명한 대학도시 케임브리지에 도착한다. 「실종된 스리쿼터백」에서 홈즈와 왓슨은 사건을 해결하기 위해 이곳으로 향한다.

옥스포드 대학교와의 자존심을 건 럭비 시합을 앞두고 케임브리지의 에이스 쿼터백 갓프리 스톤턴이 자취를 감춘 사건이 일어난다. 소스라치게 놀란 주장이 허겁지겁 탐정을 찾는다. 쿼터백이 체류 중이던 호텔을 조사하고 유산을 물려줄 숙부도 만난 홈즈는 해결의 실마리를 찾아 대학으로 향한다. 사라지기 직전에 주장은 케임브리지의 한 교수에게 전보를 보냈다.

유일한 실마리는 케임브리지 의과대학의 명예교수이자 저명한 의학박사 레슬리 암스트롱 교수. 글의 첫머리에 인용된 것처럼 노교수는 첫 만남부터 탐정을 무시하고, 아무런 소득이 없을 테니 시간 낭비 하지 말라고 몹시도 공격적으로 나온다. "당신 이름을 들어본 적이 있소. 내가 절대 환영할 수 없는 직업이지"라고. 그는 사생활이나 캐고 다닌다며 탐정 듀오를 경멸의 눈으로 바라본다. 홈즈는 레슬리 교수가 재능을 범죄 쪽으로 썼다면 모리아티 교수 정도는 되었을 거라고 평가한다.

레슬리 교수를 사흘간 미행했지만 번번이 놓친 후, 사냥개의 도움을 받아 겨우 나흘 만에 자취를 감춘 쿼터백을 찾는다. 피치 못할 사정으로 그는 경기에도 출전하지 못하고 케임브리지에 체류했고 교수가 이를 숨겨준 사건이었다.

럭비팀 주장이나 쿼터백 모두 케임브리지의 트리니티 컬리지 출신이다. 16세기 중반, 헨리 8세가 종교개혁으로 몰수한 수도원 재산을 하사해 지어진 부유한 단과대학이다. 아이작 뉴턴이나 철학자 버트란트 러셀, 루트비히 비트겐슈타인의 모교이기도 하다. 이 대학교는 13세기 초반에 설립되어 800년이 넘었다.

별다른 사건이 아님에도 케임브리지 대학생들의 생활이 세밀하게 묘사되어 있다. 그렇기에 이 글은 탐정소설이라기보다 홈즈의 옥스브리지 논쟁 여부를 가려줄 글로 더 유용할 뿐이다.

위의 글은 케임브리지에서의 홈즈의 활약상을 다루었다. 옥스브리지를 다룬 '경전'을 읽은 홈즈의 신봉자는 크게 둘로 나뉜다. 홈즈를 실존 인물이라고 보는 '열혈' 신봉자가 있고, 허구의 인물로 보지만 '경전' 자체를 애독하고 좋아하는 홈즈 팬도 있다. 열혈 신봉자들은 홈즈의 모교가 옥스브리지 가운데 어딘지를 두고 여전히 설전을 벌인다.

홈즈는 '회고록'편의 「글로리아 스콧호」에서 대학 생활, 탐정의 길을 가게 된 경위 등을 이야기한다. 하지만 어느 대학인지 속시원하게 밝히지는 않는다. 바로 뒤에 나오는 「머스그레이브 전례문」에서도 마찬가지다.

셜록키언들은 홈즈가 옥스브리지에서 공부했다는 점에는 동의하지만 옥스포드인지 케임브리지인지에 대해서는 아직도 명확한 답을 찾지 못했다. 몇몇 소수 연구자들은 두 대학교 모두 다녔다고 보기도 한다.

케임브리지 출신이라고 보는 팬들은 「실종된 스리쿼터백」과 「기어다니는 사람」을 그 증거로 제시한다. 「실종된 스리쿼터백」은 케임브리지 대학교의 단과대학 가운데 가장 유명한 곳 중 하나인 트리니티 컬리지를 중점적으로 다룬다. 「기어다니는 사람」도 '캠포드'에 있는 유명한 생리학 교수 이야기다. 이 역시 케임브리지의 한 대학으로 추정할 수 있다.「세 학생」역시 한 대학교에서 발생한 시험 문제 유출 사건을 다루었다. 그러나 당사자와 학교의 명예가 걸려 있기에 왓슨은 학교 이름을 밝힐 수 없다며 허구의 세인트루크 대학이라고 쓴다. 하지만 대체적인 분위기는 케임브리지 대학의 한 단과대학일 것으로 짐작된다.

홈즈는 사건 해결을 위해 케임브리지 체류 중 자전거를 즐겨 이용한다. 당시 자전거를 탄 대학생은 그곳에서 흔히 볼 수 있는 모습이었다.「실종된 스리쿼터백」속 사건 발생은 1896년에 발생했는데, 당시 옥스브리지 럭비 경기에서 이 소설 속 묘사처럼 옥스포드가 이겼다.

반면에 옥스포드를 모교로 보는 사람은 홈즈가 복싱을 잘하는데 당시 옥스포드의 컬리지에 뛰어난 복싱 선수가 많이 있었다

케임브리지 대학교 전경, 제일 왼쪽이 킹스컬리지 채플이다.(촬영 안병억)

는 증거를 제시한다. 「누런 얼굴」에서 왓슨은 "그 체급에서 가장 뛰어난 복서 중 한 사람"이라고 친구를 평가한다.

홈즈 팬들은 소설의 배경뿐만 아니라 이야기 속에 언급된 홈즈의 연구 주제를 통해서도 모교 논란의 실마리를 찾는다. 역시 노련한 셜록키언들이 많다. 「세 학생」에서 홈즈가 왓슨과 함께 대학도시 도서관에서 초기 잉글랜드 왕의 특허장charters을 연구하는 장면이 나온다. 이 사건은 1895년에 발생했다.

특허장은 왕이 학교나 회사 등에게 권리를 인정해주는 문서다. 옥스포드 대학교 사학과의 윌리엄 스텁스William Stubbs 교수는 『영국 헌정사의 기원과 발전사The Constitutional History of England in Its Origins and Development』(1873~1878)라는 3권의 역작을 저술했다. 또 다른 특허장 연구자 윌리엄 터너William H. Turner도 『특허장과 명부 연표Calendar of Charters and Rolls』를 1878년 출간했다.

두 저서 모두 옥스포드 대학교의 중앙도서관인 보들레리안 도서관Bodleian Library에 소장되어 있었고, 이 시기의 케임브리지 대학교에는 특허장과 관련된 자료가 별로 없었다. 또 당시 일반인들은 재학생이나 졸업생 외에는 옥스브리지 도서관을 이용하기가 무척 어려웠는데 홈즈가 특허장 연구를 위해 대학 도서관을 자유로이 이용하는 것을 보면 옥스포드 대학교에서 공부했다는 추론이 맞다고 이들은 주장한다.

그렇다면 '열혈' 신봉자들은 왜 홈즈를 19세기 중반에 태어나 거주한 인물로 볼까? 홈즈 시리즈 60편의 다수가 당시 발생한 사건을 배경으로 하며 사건 해결 과정을 세부적으로 묘사한다. 그래서 홈즈 팬들은 홈즈가 실존 인물이고 아서 코난 도일은 그의 이야기를 쓴 대리인이자 소설가라고 본다. 물론 보통의 독자에게 코난 도일이 창작자이고 홈즈는 피조물에 불과하다.

세계에서 가장 오래된 셜록 홈즈 팬클럽은 '베이커 스트리트 이레귤러스The Baker Street Irregulars, BSI'다. 홈즈가 가끔 탐정단으로 고용한 부랑아 소년들의 모임에서 이름을 땄다. 미국 작가이자 홈즈 마니아였던 크리스토퍼 몰리Christopher Darlington Morley가 친구들과 함께 1934년에 창립했다. 1970년대 중반 한 작가가 이 모임에서 초청 강연을 하다가 홈즈가 코난 도일의 피조물이라고 말해버렸다. 그러자 갑자기 여기저기에서 분노에 찬 항의가 빗발쳤다. 한 사람이 일어나 "홈즈는 실존 인물이지. 그는 정말 위대한 사람이야"라고 고래고래 소리를 질렀다. 거기 모인 많은 팬들이 공감하며 우레와 같은 박수를 쳤다.

미국의 변호사이자 잘 알려진 홈즈 팬 레슬리 클링거Leslie Klinger는 2004년 『주석 달린 셜록 홈즈The New Annotated Sherlock Holmes』를 출간했다. 이 책은 아서 코난 도일이 쓴 60편의 소설

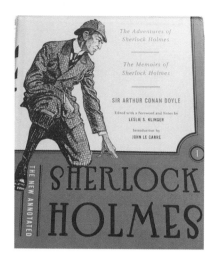

레슬리 클링거의
『주석 달린 셜록 홈즈』 표지

모음집 본문보다 주석이 2배 이상 많을 정도로 상세하다. 그동안 셜록키언들이 추가한 해석은 물론이고 자신의 새로운 해석도 꼼꼼하게 덧붙였다. 책의 마지막에 홈즈와 왓슨 박사, 그리고 두 인물을 세상에 선보인 코난 도일의 연표가 있다. 코난 도일은 자서전에서 쓴 대로 "하고 싶은 일을 다 해보는" 후회 없는 인생을 살았다. 1859년에 태어나 1930년에 사망했으니 종심(從心, 70)을 넘어서까지 장수했다. 홈즈보다 두 살 많은 왓슨은 1852년에 태어나 1929년 77세에 사망했다. 그런데 셜록 홈즈의 사망 연도는 공란으로 남아 있다.

클링거는 자신이 얼마나 홈즈 마니아인지를 밝힌다. 허구라지만 아래 내용을 믿는다고 서문에서 진솔하게 털어놓는다. "홈즈와 왓슨은 실존 인물이다. 홈즈가 화자로 나오는 몇 편을 제외하고는 대부분 왓슨이 홈즈에 관한 글을 썼다. 그렇지만 홈즈는 동료이자 출판 대행자였던 아서 코난 도일 경의 이름으로 이 글을 출판하게 해주었다."

최고의 홈즈 팬인 레슬리는 왜 홈즈의 사망 연도를 빈 칸으로 남겼을까? 홈즈에 매혹된 전세계 수백만 명의 팬들은 이렇게 유명한 사람이 죽었는데 신문 부고 기사가 없다는 것은 말도 안 된다며 아직도 그의 사망을 공식적으로 인정하지 않는다. 물론 1891년 스위스 라이헨바흐 폭포에서 떨어져 죽었다고 여겨져 몇몇 타블로이드 신문이 부고를 썼을 때를 제외하고 말이다.

런던에서 발간되는 일간지 《더타임스》나 당시 미국의 《뉴욕타임스》를 아무리 뒤져봐도 명탐정이 죽었다는 소식은 찾을 수 없다. 불후란 말 그대로 썩지 아니함, 죽지 아니함을 뜻하는 것이므로, 비록 육신은 우리 곁을 떠났지만 명성은 영원함을 믿기에 육신도 우리와 함께 있다고 팬들은 생각한다. 일부 셜록키언들은 홈즈가 불로장생의 약을 구해 살고 있다고 믿기도 한다. 홈즈가 화학의 달인이고 퇴직 후에 양봉에 천착해 여왕벌의 로열젤리도 복용했을 테니 168살이 되는 2022년에도 살아 있을 수 있다고 믿고 싶어 한다. 정말이지 못 말리는 팬심이다.

「기어다니는 사람」에 유사한 이야기가 나온다. 동료 교수의 딸과 결혼한 유명한 생리학 교수가 불로장생이라 믿는 약을 복용하면서 원숭이처럼 네 발로 기어다닌다. 3층에 있는 딸의 방도 담쟁이 넝쿨을 타고 가뿐하게 오르내린다. 이 사건을 해결한 후 홈즈는 불로장생을 조롱한다. 아무리 만물의 영장인 인간이라 해도 자연의 섭리를 거스르면 다시 하등 동물로 돌아갈 수 있다는 경고도 잊지 않는다.

"물질적이고 세속적인 사람들 모두 가치 없는 삶을 연장하려고 할 것이네. 정신적인 사람들은 자연의 섭리를 거스르려 하지 않을 걸세. 그러니 가장 적합하지 않은 사람들만 살아남을 걸세. 이러니 세상이 오물 수거통이 되지 않겠나?"

불후의 탐정은 이처럼 자연의 이치를 거스르려 하지 않았다. 하지만 신봉자들은 그가 섭리를 거스르며 아직도 살아 있다고 믿어 의심치 않는다.

정반대의 대척점에 있는 사람들은 무슨 뚱딴지 같은 소리냐고 되받아친다. 대표적인 인물이 스코틀랜드의 에딘버러 대학교 역사학과의 오웬 더들리-에드워즈Owen Dudley-Edwards 교수다. 홈즈와 관련된 일을 했지만 홈즈와 왓슨이 실존 인물이 아니라 작가 코난 도일이 만든 허구에 불과하다고 여긴다. 1993년 옥스포드 대학교 출판사에서 셜록 홈즈 시리즈 9권을 펴냈는데 오웬 교수는 이때 편집자로 활동했다. 거의 3,000쪽 가까이 되는 책이다. 60권 '경전'에 나오는 낯선 단어나 역사적 상황을 설명하는 세밀한 주석을 달았다.

『해리포터』나『반지의 제왕』시리즈처럼 명작은 독자들에게 하나의 새로운 세상을 선보인다. 독자는 책을 읽으며 여러 등장인물에 공감하고 그들과 함께 있는 듯한 착각에 빠진다. 홈즈 소설도 마찬가지다. 영국 시인 토머스 엘리엇이 썼듯 홈즈는 읽으면 읽을수록 실존 인물이라고 느끼게 되는 마력을 지녔다. 그래서일까. 앞서 말한 것처럼 실제로 많은 영국인이 홈즈를 역사상 인물로 여긴다. 결론은 쉽사리 나지 않지만 홈즈 마니아들에게는 빼놓을 수 없는 주제다. 그래서 얼핏 보기에 참 쓸데없는 옥스브리지 논쟁은 여전히 현재진행형이다.

케임브리지 킹스컬리지 부속성당

모리아티: "오늘 선량한 의사(왓슨)가 결혼했지요. 결혼식은 어땠습니까?"

홈즈: "아주 좋았습니다. 내 친구는 더 이상 당신 수사에 관여하지 않습니다. 이를 고려해주리라고 확신합니다."

모리아티: "귀하와 왓슨의 관계를 존중합니다만, 당신이 나를 파멸시키려 한다면 나도 당신을 파멸시킬 것이오!"

2011년 개봉된 영화 〈셜록 홈즈: 그림자 게임〉에 나오는 숙적 모리아티 교수와 홈즈의 불꽃튀는 대화. 모리아티는 홈즈에게 죽이겠다며 '점잖게' 협박한다. "두 개의 물체가 충돌하면 부수적 피해도 발생하지요. 두 고수가 충돌해도 그렇습니다. 그래도 나와 게임을 벌이겠소?"라며 다그친다. 홈즈는 "당신이 질 것이오!"라며 정면으로 응시한다.

여기에서 수학의 천재이자 '범죄 세계의 왕' 모리아티는 케임브리지 킹스컬리지 교수로 나온다. 왓슨의 결혼식에 참석한 홈즈는 모리아티의 수하가 전한 말을 듣고 킹스컬리지 채플을 지나 숙적의 연구실로 향한다. 교수의 유명한 저서『소행성의 역학』을 읽은 홈즈는 저자의 서명을 받고 대화를 시작한다.

셜록 홈즈는 마르지 않는 샘물처럼 모방 소설이나 연극, 영화로 끊임없이 다시 만들어진다. 로버트 다우니 주니어와 주드 로가 홈즈와 왓슨 박사로 나온 〈셜록 홈즈: 그림자 게임〉은 원작을 꼼꼼하게 각색했다. 모리아티를 케임브리지 대학교 킹스컬리지 교수로 설정했는데, 수학의 천재이니 아이작 뉴턴이 교수로 일한 케임브리지에서 가르칠 가능성이 높다고 본 듯하다. 홈즈는 이 대학을 아주 잘 알고 있다는 듯 아무런 장애 없이 들어간다. 동문의 경우 졸업생 확인증을 보여주면 교내 곳곳을 방문할 수 있다.

케임브리지는 영국에서도 저지대에 있다. 이곳을 가로지르는 캠강은 샛강으로 깊은 곳이 2~3미터에 불과한데 우기인 겨울에 조금만 비가 와도 범람하기 일쑤다. 캠강을 사이에 두고 킹스, 퀸스, 트리니티 등 유수의 컬리지들이 모여 있다. 그런데 이곳에서는 어디를 가나 우뚝 솟은 첨탑을 볼 수 있다. 바로 킹스컬리지 부속성당이다. 중세 고딕풍의 성당이기에 하늘로 치솟은 첨탑이 방문객을 환영한다. 독일 쾰른의 대성당, 프랑스 파리의 노트르담 성당은 당시의 큰 도시를 대표한다. 이에 비해 이 채플은 단과대학의 부속성당임에도 규모와 역사, 성당 안의 그림과 스테인드글라스까지 앞의 두 성당과 견주어도 손색이 없다.

15세기 중반에 공사가 시작되었고 90년 걸려 16세기 중반에 완공되었다. 성당 내부의 길이는 88.1미터, 높이는 24.4미터, 넓이는 12.2미터에 이른다. 성당 안으로 들어가면 방문객의 시선을 사로잡는 게 있다. 입구에서 반대편 끝까지 거의 90미터에 달하는데 중간에 기둥이 하나도 없다. 거대하고 둥근 부채꼴 모양의 돌로 된 볼트가 성당을 지탱한다. 부채꼴 하나하나에는 수백 개의 부챗살 모양이 조각되어 있다. 17세기 유명한 건축가 크리스토퍼 렌은 어떻게 1,800톤이 넘는 거대한 돌덩어리를 중간에 기둥도 없이 지붕에 얹을 수 있었을까 하며 감탄했다.

킹스컬리지 부속성당 채플의 부채꼴 모양의 볼트. 88.1미터 길이의 성당인데 중간에 기둥이 하나도 없다. 양쪽 창문에 성서의 주요 장면을 묘사한 스테인드글라스가 있다.(촬영 안병억)

현대에도 놀라운 기술이다.

성서의 주요 장면이 스테인드글라스로 묘사되어 더욱 독특한 분위기를 만들어낸다. 10미터가 훨씬 넘는 50여 개의 창문에 예수를 찾아 경배하는 동방박사 세 사람, 이브의 유혹, 솔로몬 왕 등의 그림이 새겨져 있다. 스테인드글라스를 통해 빛이 들어오는 모습은 뭐라 표현할 수 없는 아름다움과 독특한 분위기를 자아낸다.

이 성당은 성탄절 이브에 영국인의 주목을 받는다. 16명의 이 대학 학생들이 합창단을 구성해 성가를 부른다. 12월 24일에 BBC 방송에서 이들의 따뜻한 은율을 들을 수 있다.

런던을 방문한다면 케임브리지에 꼭 한번 가볼 것을 권한다. 탐정 듀오가 갔던 그 경로를 따라가 보자. 케임브리지로 기차를 타고 갈 때의 풍광이 특히 아름답다. 잉글랜드 동부 지역은 드넓은 평야 지대에 간간이 자그마한 개천과 강이 흐르고 사이사이에 운하가 보인다. 9세기 무렵 잉글랜드섬을 급습한 바이킹들도 용머리 배를 이끌고 이곳까지 들어왔다.

8장

네트워크

"왓슨, 모리아티는 진정 천재라네"

"위험은 내 직업의 일부지요."(홈즈)
"위험에 그치는 게 아니라 파멸하고 말 걸세. 한 개인이
아니라 거대한 조직을 방해하고 있으니 말이지. 홈즈 선생,
물러나지 않으면 내 발 밑에 짓밟힐 거야."(모리아티 교수)

— '회고록'편의 「마지막 사건」

'탐정 중의 탐정' 홈즈와 '범죄자 중의 범죄자' 모리아티를 어떤 틀에서 해석할 수 있을까?

21세기 디지털 세계에서 흔히 쓰이는 네트워크. 이 용어가 홈즈와 모리아티의 관계 분석에도 유용하다.

/ 네트워크의 힘 /

우리가 흔히 쓰는 네트워크는 여러 의미로 쓰인다. 페이스북(메타), 트위터 등이 대표적인 소셜네트워크서비스이다. 가상 공간에서 친구를 맺는다. 내 지인과 친구가 되면 그 지인의 친구가 소개된다. 네트워크와 네트워크가 꼬리에 꼬리를 물고 연결된

다. 정보통신망이나 철도, 도로망의 연결도 네트워크로 보면 된
다. 많이 이용하는 서비스에서도 네트워크가 형성된다. 예를 들
어 카카오톡은 개인뿐만 아니라 개인과 기업, 개인과 정부 기관
의 소통에 널리 쓰인다. 아무리 후발주자가 더 기능이 좋은 유
사한 서비스를 제공해도 사용자 모집과 증가가 쉽지 않을 것이
다. 네트워크 효과 때문이다. 사용자가 늘어날수록 이런 서비스
제공업자의 힘은 커진다. 일단 기존 서비스를 사용하는 사람들
은 다른 유사 서비스로 변경하기가 어렵다. 서비스 제공자는 이
런 효과를 최대한 활용해 고객에게 다양한 서비스를 제공하며
수익을 올린다.

홈즈와 모리아티도 네트워크를 십분 활용하며 대결한다. 불
후의 명탐정과 최악의 흉악범 간의 관계를 네트워크의 틀로
파악하면 시야를 넓힐 수 있다. 홈즈는 혼자가 아니다. 그에게
는 왓슨, 형 마이크로프트, 부랑아 소년단이 있다. 범죄의 수
괴 모리아티는 영국뿐만 아니라 미국의 지하세계와도 연계되
어 있다.

/ 탐정과 범죄자의 네트워크 대결 /

모리아티 교수가 두려운 존재인 이유는 네트워크 때문이다.
아일랜드 출신의 제임스 모리아티는 범죄 조직의 우두머리다.

2010년 BBC TV에서 제작 방영한 〈셜록〉에서 그는 '자문 범죄자consulting criminal'로 묘사된다. 악인 중에서도 최고봉이어서 다른 범죄자들이 그에게 자문을 구한다. 인도에 파견된 영국군 가운데 최고의 사수 세바스찬 모란 대령을 비롯해 쟁쟁한 심복들을 거느리고 있다. 게다가 범죄 조직에서 번 '실탄'인 돈도 무진장 많다. 경찰은 그를 천재 수학자로 알고 있지만 홈즈는 수 년에 걸친 은밀한 수사 끝에 그의 정체를 파악하고 힘겨운 싸움을 벌인다.

홈즈도 혼자 싸운다면 모리아티가 무척 버거울 것이다. 그에게는 왓슨은 물론이고 정보기관에서 핵심 역할을 하는 형 마이크로프트, 종종 정보 수집에 활용하는 부랑아들인 베이커 거리 소년 탐정단이 있다. 억울한 상황에 빠진 용의자를 구해줘 정보원이 된 몇몇 사람도 그를 돕는다. 스코틀랜드 야드는 수학 교수의 정체를 몰라 홈즈에게 거의 도움이 되지 않는다.

홈즈는 「마지막 사건」에서 숙적 모리아티의 네트워크를 명쾌하게 분석한다.

"그는 수천 가닥으로 뻗은 거대한 거미줄의 한가운데에 있는 거미처럼 가만히 앉아서 줄의 미세한 떨림 하나하나도 알고 있지. 그는 스스로 행동하지 않고 계획만 세운다네. 하지만 그를 따르는 조직원들의 수는 매우 많고 잘 조직되어 있네. 저질러야 할 범죄가 있거나, 훔쳐야 할 서류가 있거나, 제거해야 할 사람이 있다면 교수에게 보고한다네. 그러면 그가 계획을 짜고 명령을 내리지. 조직원이 체포될 수도 있지만, 그렇게 되면 모리아티 교수는 그자의 보석금이나 변호사 비용을 댄다네. 그럼에도 지시하는 중심 세력은 절대 붙잡히지 않았지. 나는 그들의 정체를 밝히고 붕괴시키는 데 전력을 다해왔네."

홈즈는 의문을 갖고 끈질기게 파헤친 덕분에 간교한 범죄 조직의 배후와 촘촘한 네트워크의 정체를 알아냈다. 런던에서 일어나는 살인과 강도, 위조 사건, 그리고 많은 미제 사건의 배후 세력을 계속해 추적했더니 정점에 모리아티가 있었다. 장편소설『공포의 계곡』에서는 1880년대 말 모리아티가 미국의 범죄 조직과 연계하여 영국으로 도주한 미국 탐정을 살해한다. 미국 범죄 조직을 일망타진한 대가였다. 홈즈는 몇 년 만에 그를 찾아 그와 조직에 정의의 심판을 내리려 했으나 그들은 번번이 홈즈의 손아귀를 빠져나갔다.

범죄 조직과 대결하기 전에 홈즈는 프랑스 정부와 스칸디나비아 왕실이 의뢰한 사건을 깔끔하게 처리했다. 보수를 두둑하게 받아 조용히 화학 실험이나 하며 지내려 했다. 그러나 모리아티가 런던 거리를 유유히 활보하는 것은 도저히 참을 수가 없었다. 악당 체포를 몇 번이나 실패하고 결국 홈즈는 스위스의 라이헨바흐 폭포까지 가게 된다.

「마지막 사건」에서 코난 도일은 이야기 곳곳에 이번 단편이 마지막 작품임을 드러낸다. "모리아티 교수가 사회에서 제거되었다고 확신한다면 홈즈는 기꺼이 탐정 일을 그만두겠다고 거듭 말했다"라고 왓슨은 기록한다.

코난 도일은 왜 갑자기 모리아티를 등장시켜 홈즈를 죽였을까? 네트워크 대결에서 홈즈가 패배한 것인가?

/ 최고의 악당 모리아티 /

모리아티 교수는 홈즈와 지적 능력에서는 동급이지만 홈즈를 얕잡아 본다. 교수는 홈즈를 만나자마자 "당신은 기대했던 만큼 전두골이 발달하지는 않았군"이라며 도발한다.

19세기 중반에는 두뇌의 모양이 인간의 지적 능력을 결정한다는 골상학이 유행했다. 뇌의 앞부분 전두골이 작으면 인과관계를 분석하고 비교하는 등의 지적 능력이 떨어진다고 여겼다. 당시 골상학자들은 살인범과 정치인, 작가들의 두뇌 모양을 비교해 이런 결론을 도출해냈고 널리 퍼뜨렸다. 현재의 과학적 지식과 괴리가 크다.

홈즈도 뒤질세라 모리아티의 외모를 평가한다.

"그의 외모는 내게 꽤 익숙했네. 그는 아주 키가 크고 말랐지. 툭 튀어나온 하얀 이마에 두 눈은 움푹 꺼졌어……. 공부를 많이 한 탓인지 어깨는 굽었고, 얼굴을 앞으로 빼고 있었네. 그는 호기심 많은 파충류처럼 얼굴을 계속해서 좌우로 움직였네." (「마지막 사건」)

급작스레 홈즈의 사무실로 쳐들어와서 나를 더 이상 수사하지 말라고 위협하는 모리아티와 홈즈는 불꽃튀는 기싸움을 벌인다. 이 장의 첫머리 인용이 교수의 마지막 경고다. 물러나지 않으면 끝장낼 거라며 최후 통첩을 한다.

코난 도일이 모리아티를 아일랜드인으로 묘사한 것은 당시 잉글랜드에 널리 퍼진 고정관념을 십분 활용했다. '고마움도 모르고 반란을 획책하는 나쁜 아일랜드인'이라는 무언의 스테레오 타입을 썼다. 19세기 말부터 아일랜드인들은 연합왕국 영국으로부터 독립을 쟁취하려 했다. 영국 정가도 아일랜드에 어느 정도의 자치권을 주자는 '홈룰Home Rule'을 두고 격렬한 분쟁에 휩싸였다.

모리아티의 효과는 강력했다. 그는 유령처럼 등장해 '경전'을 읽는 독자의 상상력을 자극한다. 그를 한 번 만난 독자는 홈즈 이야기를 읽을 때마다 혹시 이 교수가 연관되지는 않았나 하며, 마음 한 구석에서 모리아티의 흔적을 찾게 된다. 그만큼 코난 도일이 만든 최고의 악당 캐릭터는 독자의 뇌리에 강하게 각

악당의 대명사 제임스 모리아티 교수

인되었다.

그렇다면 불후의 탐정도 최소한 같은 지적 능력을 소유한 범죄 조직의 우두머리와 결투를 벌이다 퇴장하는 것이 격에 맞을 것이다. 이것이 작가가 탐정을 제대로 대우하는 방법이리라. '마지막 인사'편의 「마지막 인사」에서 홈즈도 이런 마음을 드러낸다. 독일 카이저가 자랑하는 거물 스파이 폰 보르크를 체포한 후 홈즈는 그에게 지적 능력이 한 수 위인 영국인이 체포했으니 서운하게 생각하지 말라고 당당하게 말한다.

여기서 드는 의문이 있다. 모리아티가 범죄 세계의 나폴레옹이라면 홈즈 이야기 처음부터, 아니면 최소한 이야기 중간중간에 등장해야 할 것 아닌가? 그런데 교수는 「마지막 사건」에만 갑자기 등장한다. 그렇게 많은 강도와 살인 등 강력 사건의 배후인데도 말이다. 홈즈 팬들은 이 점을 아쉬워한다.

/ "홈즈의 명성이 피곤합니다" /

그런데 이상하게도 홈즈와 창조주 코난 도일과의 관계는 그리 편하지만은 않았다.

"여러 면에서 이제껏 좋은 친구였던 홈즈에게 배은망덕하고 싶지는 않다. 때때로 홈즈에게 싫증이 난 것은 그의 성격이 냉철한 이성 기계와 같기 때문이었다."

코난 도일은 자서전에서 홈즈를 이처럼 평가했다. 그에게 부와 명성을 가져다준 불후의 명탐정에 대한 평가치곤 인색하다. 코난 도일이 회고록에서 홈즈를 언급한 것은 전체의 10퍼센트도 채 안 된다. 그는 오히려 보어전쟁과 1차대전, 말년에 심취한 심령주의를 훨씬 더 상세히 다룬다. 왜 그랬을까?

코난 도일이 자신의 피조물을 그리 탐탁지 않게 여겼기 때문이다. 그는 원래 역사소설로 독자의 인정을 받고 싶었다. 몇 권을 출간했지만 이렇다 할 만한 성공을 거두지 못했다. 반면에 독자들은 홈즈 이야기에는 열광했다. 《스트랜드》에 연재한 후 대박을 터뜨렸고, 이를 '모험'편과 '회고록'편으로 묶어 책으로 펴냈다. 그래서 전업작가의 길로 들어설 수 있었다.

폭발적인 인기를 누렸으나 정작 마음에 들지 않았던 코난 도일은 "내 에너지를 좀 더 다른 나은 일에 쏟고 싶었다"라고 피조물 홈즈를 죽인 이유를 썼다.

하지만 역설적으로 독자의 성원과 그의 어머니가 홈즈를 다시 부활시켰다. 가십성 기사를 주로 쓴 신문들이 홈즈의 부고를 썼다. 《잉글리시 소사이어티English Society》는 '홈즈 사망'이라는 제목을 대문짝만 하게 뽑고는 라이헨바흐 폭포에서 모리아티와 함께 떨어지는 삽화를 실었다. 《리즈 타임스Leeds Times》는 코난 도일을 비난했다. 명탐정이 작가에게 안겨준 모든 것에 대한 배은망덕한 행동이라고 흥분했다.

라이헨바흐 폭포에서 홈즈가 모리아티를
부여잡고 결투를 벌이고 있다.

코난 도일은 1893년 4월 어머니에게 쓴 편지에서 셜록 홈즈의 마지막 이야기를 쓰고 있다고 전하며 "그의 명성에 피곤해졌습니다"라고 고백한다. 일 년 전에 코난 도일은 친구들과 함께 스위스 알프스의 빙하 지대를 하이킹하며 홈즈를 사라지게 하겠다는 이야기를 했다. 그때 동행했던 한 친구가 그렇다면 깨끗하게 빙하 지대 크레바스에서 떨어뜨리면 어떻겠냐고 제안했다. 물론 어머니는 홈즈를 죽이지 말라고 아들에게 간청했다.

홈즈의 부고 소식이 전해진 후 어머니는 아들에게 왜 홈즈를 죽였느냐며 지인들의 항의와 불만을 전했다.

「마지막 사건」이 1893년 12월에 《스트랜드》에 게재된 후 잡지사와 코난 도일에게 독자들의 항의가 빗발쳤다. 욕설은 다반사였다. 지금처럼 SNS가 있었다면 저자와 출판사의 계정이 폐쇄되었을 것이다. 홈즈가 사망한 후 잡지 구독을 취소한 사람이 2만 명이 넘었다. 금융가 '더시티'의 신사들이 조의를 표하려고 검은 완장을 찼다는 이야기도 전해진다. 이에 비해 코난 도일은 당시 일기에서 "홈즈를 죽였다"라고 한 줄 적었을 뿐이다. 그는 안도와 만족감을 드러냈다.

그러나 홈즈는 10년 만에 되살아났다. 1903년 《스트랜드》에 셜록 홈즈의 '귀환'편이 연재되었다. 1901년 후반에 발표된 장편 『바스커빌가의 사냥개』는 사건 배경이 1889년이다. 즉 홈

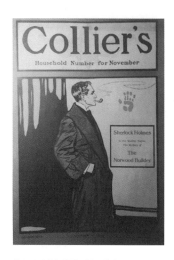

홈즈 소설이 실린 미국 잡지
《콜리어스 위클리》 표지

즈가 사망한 「마지막 사건」보다 2년 전에 발생했다. 따라서 '귀환'편의 「빈집의 모험」이 홈즈의 부활을 전 세계에 널리 알린 첫 작품이다.

이때 미국 잡지 《콜리어스 위클리Collier's Weekly》가 코난 도일에게 먼저 접근해 거액을 제시했다. 앤드류 라이셋의 전기에 따르면 1903년 이 출판사는 단편 열세 편에 4만 5,000달러 (약 12억 원)를 코난 도일에게 지급했다. 노련한 협상꾼이었던 코난 도일은 영국 잡지사 《스트랜드》에서도 버금가는 거금을 받은 것으로 알려졌다.

모리아티는 홈즈의 가정교사였나?

일부 홈즈 팬들은 홈즈가 옥스포드 대학교에 입학하기 전 그의 가정교사가 적수 모리아티 교수라고 추정한다. 이를 모티브로 한 모방작이 큰 히트를 쳤다.

　미국의 소설가 니콜라스 메이어(Nicholas Meyer)는 1974년에 『셜록 홈즈의 7퍼센트 용액(The Seven-Per-Cent Solution: Being a Reprint from the Reminiscences of John H. Watson, M.D)』을 출간했다. 어린 시절의 트라우마 때문에 코카인에 중독된 홈즈를 구하려고 왓슨은 그를 빈에 있는 정신분석학자 지그문트 프로이트에게 데려간다. 홈즈가 최면에 빠지자 충격적인 사실이 밝혀진다. 제임스 모리아티 교수가 홈즈와 형 마이크로프트에게 수학을 가르친 가정교사였다. 그런데 모리아티가 어머니와 관계를 맺었고 이를 알아챈 아버지가 어머니를 죽이고 자살했다. 당시의 트라우마 때문에 극심한 우울증에 빠진 홈즈가 마약에 손을 댔다고 작가는 썼다. 이 책은 출간 후 9개월간 《뉴욕타임스》 베스트셀러였다. 1976년에는 〈7퍼센트 용액(Seven-Per-Cent Solution)〉이라는 제목의 영화로도 만들어졌다. 제목은 홈즈가 제조한 코카인 함량이 7퍼센트 용액이라는 뜻이다. 『주홍색 연구』에서처럼 왓슨이 은행 금고에 맡긴 비밀 기록을 찾아내 글을 쓰는 형식을 취했다.

이 책에 갑자기 등장한 모리아티에 홈즈 팬들의 관심이 집중되었다. 홈즈와 마찬가지로 모리아티도 허구라는 의견과 실존 인물이라는 설이 대립한다. 작가 메이어는 실존 인물이라고 여긴다.

먼저 실존 인물로 보는 사람들은 홈즈가 모리아티 교수에게 복수하려는 동기가 따로 있다고 생각한다. 일부는 홈즈가 교수의 딸을 좋아했는데 교수가 만나지 못하게 했기 때문이라고 주장한다. 홈즈가 코카인에 중독되어 무고한 교수를 살해하고 이를 덮으려고 교수를 악당으로 조작했다고 보는 사람들도 있다.

반대로 홈즈가 다른 일을 하려고 모리아티를 허구로 내세웠다는 의견도 제법 많다. 홈즈가 마약 중독을 치료하는 데 3년이 필요했기 때문에 모리아티와 결투를 하고 3년간 무대에서 사라졌다고 주장한다. 사건은 쌓여가는데 제대로 해결하지 못하는 일이 많아지자 이를 숨기려고 악당 중의 악당 모리아티를 만들어냈다는 것이다. 그래야 미제 사건 변명이 되기 때문이다. 또 홈즈가 비밀 외교 업무 때문에 모리아티 이야기를 허구로 만들어냈다고 여기는 팬도 있다.

코난 도일이 창조한 모리아티는 누구를 모델로 했을까? 역사상 두 명의 흉악범이 모리아티의 모델로 제시된다.

홈즈는 『공포의 계곡』에서 조나단 와일드(Jonathan Wild)를 모리아티와 유사하다고 말한다. 경찰이 "이름은 들어봤는데 탐정소설 속 캐릭터 아닌가요?"라고 묻자 홈즈는 18세기 중반 런던을 누비고 다녔던 거물 범죄인이라고 바로잡는다.

조나단 와일드는 18세기 초부터 런던에서 활동했다. 당시에는 경찰이 없었기에 조나단은 수하들을 시켜 도둑들을 잡았고 이런 일 때문에 일부에서는 그를 영웅으로 칭송했다. 런던의 거의 모든 범죄자들이 그의 손아귀에 있었다고 한다. 그러나 그가 거느린 도둑 잡는 사람들은 원래 범죄자들이었다. 부하들에게 물건을 훔치게 하고 다른 부하들에게는 그것을 되찾게 했다. 그런 다음 푸짐한 포상을 주었다. 쓸모가 없어진 부하는 당국에 신고해 교수형을 받게 했다. 조나단 와일드는 결국 이런 악행이 발각되어 1725년에 교수형에 처해졌다.

또 다른 인물은 애덤 워스(Adam Worth)다. 런던 경찰청이 '범죄 세계의 나폴레옹'이라고 부른 인물이다. 홈즈보다 먼저 경찰청이 처음으로 이 말을 썼고 코난 도일이 「마지막 사건」에서 그대로 썼다. 애덤은 1844년 독일에서 출생했으나 가족과 함께 미국으로 이민을 갔다. 그곳에서 좀도둑부터 시작해 무장강도가 되었다. 도망다니던 애덤은 법망을 피해 프랑스와 영국으로 옮겨와 강도, 사기 등을 저질렀고 불법 도박 시설을 운영했다. 1876년에 그는 런던 애그뉴앤선스 갤러리에서 〈데본셔 공작부인 초상화〉를 훔쳤다. 토머스 게인스버러가 그린 유명한 작품이다. 코난 도일은 모리아티 교수가 연구실에 그로이체가 그린 〈애그뉴의 젊은 여성 초상화〉를 보유하고 있다고 썼다. 같은 초상화이다. 애덤은 1891년 브뤼셀에서 강도 행각이 적발되어 체포되었다가 10년 형기를 마치고 1901년 출감했다. 애덤은 훔친 그림을 2만 5,000달러를 받고 갤러리에 되팔았다.

9장

제국주의

"포도주 잔이 아니라
총을 움켜쥐어야 한다"

"그는 가장 용감한 군인이었습니다. 빗발치는
보어인들의 총탄 속에서 저를 구해주었어요.
그가 아니었다면 저는 이 자리에 없었을 겁니다."

— '사건집'편의「창백한 군인」

제국주의 시대, 제국의 중심지에 거주했던 지식인의 입장에서
식민지 하면 떠오르는 인상은 무엇이었을까? 야만인과 몹쓸 병
이 출몰하고 이름 모를 독약이 제조되는 곳 등 다양할 것이다.
빅토리아 여왕 치세, 대영제국의 황금시대를 많이 다룬 홈즈 소
설에는 이런 제국주의 시각이 그대로 드러난다. 물론 코난 도일
의 시각이다.

/ 강제수용소를 옹호한 코난 도일 /

강제수용소에서 2만 6,000여 명의 여성과 아이들이 굶어서 혹
은 장티푸스로 숨졌다면 어떤 반응이 나올까? 지금이라면 가해

자인 수용소 운영 당국이 거센 비판을 받고 국제법에 근거해 소송도 나올 수 있을 것이다. 그런데 홈즈의 저자 코난 도일은 이를 정당하다고 주장했다.

1880년대 중반 현재의 남아프리카공화국의 수도 요하네스버그 인근에서 금광이 발견되었다. 일확천금을 노린 수많은 영국인들이 이곳에 정착했고 투표권을 요구했다. 이런 요구는 명분일 뿐이었고 영국은 식민지 전쟁에 필요한 이곳의 금광을 독차지할 속셈을 품었다. 당시 이곳에는 영국인들보다 앞서 17세기에 현지에 정착한 네덜란드인들이 거주 중이었다. 이들은 보어인(Boer는 현지어로 '농부'를 의미한다)이라 불렸다. 보어인들은 영국의 야욕에 맞서 선제공격을 시작했다.

영국은 1899년부터 3년간 보어전쟁을 치렀다. 보어인들은 2년 넘게 게릴라전으로 맞서며 끝까지 저항했다. 영국은 44만 명의 대군을 파견해 겨우 승리했다. 영국군은 전투 중 적에게 넘어갈 수 있는 토지와 건물 등을 불지르는 초토화 작전을 실시했고 민간인을 질병이 들끓는 강제수용소로 몰아넣었다.

일부 비판적인 언론이 노약자가 사망한 곳을 난민수용소가 아니라 강제수용소로 규정하고 자국군의 만행을 비판하자 코난 도일이 반박에 앞장섰다. 그는 6개월간 현지 야전병원의 의사이자 감독관으로 일한 경험을 전하며 영국군이 질병과 갖은 악조건 속에서도 얼마나 명예롭게 싸웠는지를 적었다. 그는 영국인이 현지인의 농장을 불태우고 여성을 강간했다는 보도를 부인했다.

위에서 명확하게 드러났듯이 대영제국의 전성기를 살았던 코난 도일은 제국주의를 지지했다. 장 제목 부분의 인용은 그의 자서전에 나온다. 홈즈 소설 곳곳에도 제국과 제국주의에 관한 코난 도일의 시각이 담겨 있다. 먼저 식민지를 몹쓸 병이 창궐하는 곳이라고 묘사한 이야기를 살펴보자.

/ 참전군인의 몹쓸 병? /

'사건집'편의 「창백한 군인」은 보어전쟁에 참전한 군인이 생사를 함께한 전우를 찾는 이야기다. 보어인의 게릴라 전투에 맞서 영국군이 얼마나 영웅적인 전투를 벌였는지가 자세히 소개된다. 이 전쟁을 열렬하게 지지한 코난 도일이었기에 이 부분의 서술이 특히 세밀하다.

첫머리에 인용된 것처럼 의뢰인 제임스 도드는 자신의 목숨을 구해준 전우가 부상당해 귀국했다는 이야기를 듣는다. 전우의 집을 방문했지만 그의 가족이 석연찮은 변명으로 극구 숨기는 듯하다. 가족들은 외부에 그가 세계 여행 중이라고 알렸다. 도드가 몇 번이나 찾아갔지만 전우의 아버지인 대령은 위압적인 표정과 행동으로 밀쳐낸다. 그렇게 보고 싶었고 믿었던 전우가 집안의 명예를 더럽힐 만한 일에 휘말렸을 거라 확신한 도드는 지푸라기라도 잡고 싶은 심정으로 홈즈를 찾아왔다.

늘 그렇듯이 탐정은 도드를 응접실의 제일 밝은 곳에 앉도록 했다. 홈즈가 창을 등지고 앉아야 햇볕을 받은 의뢰인의 표정과 옷매무새 등을 꼼꼼하게 관찰할 수 있기 때문이다.

홈즈는 먼저 부상당한 군인이 거주 중인 지역에서 강력 사건이 발생한 일이 없음을 사건 파일에서 확인한다. 그렇다면 군인이 숨기고 싶은 병에 걸렸을 확률이 높다고 판단해 이 부분을 집중적으로 파고든다.

홈즈는 런던 최고의 피부과 전문의를 대동하고 의뢰인과 함께 그곳을 방문했다. 전우의 아버지에게 아들이 나병에 걸렸는지를 종이에 써서 묻는다. 폐부를 찌르는 정확한 지적이었을까. 아버지는 더 이상 의뢰인과 홈즈를 거절할 수 없었다. 여기에 반전이 더해진다. 대동한 전문의는 부상당한 군인이 나병이 아니라 희귀병에 걸렸음을 밝혀낸다.

희귀병에 걸려 온 몸이 표백한 것처럼 창백하게 보였기에 이야기 제목도 「창백한 군인」이다. 이런 몹쓸 희귀병은 남아프리카 식민지 전쟁에 참전한 군인이 그곳 원주민에게서 전염되었다. 보어전쟁사까지 쓰고 전쟁의 정당성을 추호도 의심하지 않았던 코난 도일이었다. 당연히 그는 참전 군인을 극진히 대우했다.

창백한 얼굴의 전우가 자신을 찾아온 친구를
창문으로 몰래 쳐다보고 있다.

해피엔딩처럼 보이지만 식민지를 경멸하는 저자의 시각이 적나라하게 드러나 있다. 아울러 20세기 초 과학기술이 크게 발달한 영국에서조차 나병 환자를 멀리하고 격리했음을 알 수 있다. 물론 나병이라고 오인했지만 말이다.

여기에 한 술 더 떠 '경전'에는 독약과 전염병이 모두 식민지에서 유래했다고 쓰여 있다.

/ 왜 독약과 전염병은 다 식민지에서 유래했나? /

60편의 '경전' 가운데 독약이 등장하는 작품은 5편에 불과하다. 당시 살인이나 상해 사건에서 독약 사용이 흔치 않았음을 보여준다. 그런데 그 독약이 모두 식민지나 후진국에서 들어온 것으로 묘사된다. 즉 듣지도 보지도 못했던 독약을 사용해 살해했기에 경찰이 수사를 하는 데 애를 먹는다.

반면에 우리의 '슈퍼 히어로' 홈즈는 백과사전적인 지식을 활용해 경찰보다 몇 수 위에 있어 이런 사건도 막힘 없이 해결한다. 셜록키언들은 코난 도일이 독을 묘사하는 데 의사로서의 전문성을 살리기보다 작가로서 트릭을 최대한 활용했다고 평가한다. 의사라면 독약이 식민지나 후진국뿐만 아니라 영국에서도 제조될 수 있다는 사실을 모를 리 없을 것이다. 그런데 코난 도일은 독약이 모두 식민지나 후진국에서 제조되었다고 규정했고, 그래서 경찰이 모르는 게 당연하다고 전제해버린다.

'모험'편의「얼룩무늬 밴드」에 이런 시각이 극명하게 드러난다. 연못 독사가 사람을 물어 죽였지만 그 독은 검시에서도 발견되지 않았고 독사가 문 흔적도 너무 미약해 발각되지 않았다. 알고 보니 그 독은 식민지 인도에서 의사로 개업한 의붓아버지가 맹독성 독사를 영국으로 가져와 훈련시킨 다음 살인하는 데 썼던 것이다.

『주홍색 연구』와 '사건집'편의「서식스의 흡혈귀」도 마찬가지다. '주홍색'에서 애인을 숨지게 만든 장본인을 찾아 원한을 갚는 제퍼슨 호프는 남아메리카 인디언들이 화살에 바르는 독약을 사용해 원수를 죽였다. '흡혈귀'에서 갓난아이를 보호하려는 어머니는 남아메리카 인디언들이 화살에 바르는 독약을 시기심 많은 의붓아들이 아기에게 사용했음을 알고, 그 독약을 제거하려고 흡혈귀처럼 아기의 목을 빨았다. 어머니는 남아메리카 출신이었기 때문에 그 독약에 대해 알고 있었다. 홈즈는 가설을 세워 정체 모를 독약이 사용되었을 거라고 확신하고 여러 가능성을 차례로 제거하면서 그 독약임을 규명한다.

'마지막 인사'편의「악마의 발」에서는 독약과 정신병을 연계했다. 중앙아프리카 원주민들이 '악마의 발'이라 부르는, 뿌리를 태워 만든 독약이 등장한다. 이 독에 노출되면 죽거나 정신착란에 걸려 입원해야 한다. 이론적으로 독약이 사람의 신경을 건드려 정신병을 유발할 수는 있다. 그렇지만 코난 도일은 노골적으로 악마의 발 때문에 사람이 미쳤다고 단정짓는다. 역시 의사보다는 작가로서 당시의 선입견과 편견을 그대로 작품에 반영했다. '사건집'편의 「죽음을 앞둔 탐정」에서도 수마트라산 전염병에 걸려 임종을 앞둔 듯한 홈즈가 나온다. 이 역시 열대 지방에서 발생한 전염병이 제국주의 때문에 영국까지 확산되었다는 시각을 반영한다.

/ 기이하고 야만적인 원주민? /

두 번째 장편소설 『네 개의 서명』은 인도와 런던이 사건의 주무대이다. 인도는 대영제국이라는 왕관의 '유일한 보석'으로 불렸다. 그 가운데 사건이 발생한 아그라 지역은 인도를 호령한 무굴 제국의 소재지이며 타지마할로 유명하다. 영국에서는 고대 왕국이라는 신비한 이미지이자 보물이 숨겨진 곳으로 알려졌다. 여기에 폭력적인 나라라는 선입견도 더해졌다.

영국의 강압적인 식민지 정책에 항거해 현지에서 고용된 인도 군인 세포이가 반란을 일으켰다. 1857년부터 3년간 인도 곳곳에서 발생한 세포이의 반란에 농민들이 합류하면서 인도의 독립투쟁으로 번졌다. 경찰에 체포된 살인자 조너선 스몰은 당시 영국군으로 참전한 후 가까스로 살아남았다. 그는 반란군을 악마에 비유한다. 작가는 스몰의 입을 통해 당시 영국에 널리 퍼진 인도에 대한 부정적인 이미지를 그대로 전한다.

> "그런데 내게 행운은 그리 오래가지 않았소. 그때까지 아무 조짐이 없었는데 갑자기 큰 폭동이 일어난 겁니다. 한 달 동안 인도는 영국의 서리나 켄트처럼 평화로웠소. 그런데 바로 다음날 20만 명의 시커먼 악마들이 몰려와서는 그 지역을 완전히 지옥으로 만들었소. (……) 밤이면 방갈로를 태우는 화염이 하늘을 물들였소."(『네 개의 서명』12장)

반란의 중심지 아그라 지역은 "광신자와 악마 숭배자들이 득실거리는 곳"으로 묘사된다. 영국은 1858년 인도를 국왕이 통치하는 직할 식민지로 만들었다. 정부에서 총독을 파견했고 이들은 현지인의 정서를 전혀 고려하지 않은 영국화 정책을 펼쳤다. 세포이에게 소기름을 바른 탄약포가 지급되었다는 소문이 반란의 방아쇠 역할을 했다. 탄약포를 사용하려면 입으로 잘라야 하는데 힌두교에서 소는 신성한 동물이다. 따라서 이런 탄약포 지급은 힌두교를 모독하는 것이었다. 탄약포 사용을 거부한 세포이들은 투옥되었다. 이에 분노한 일부가 영국군 장교를 살해하면서 반란이 시작되었다.

하지만 당시 영국에서는 반란이 일어난 이유는 거의 알려지지 않았고 현지 거주 영국인들, 특히 어린이와 여성을 잔혹하게 살해하는 반란군의 모습만 크게 부각되었다. 코난 도일은 인도 인이 사악하고 폭력적이라는 고정관념을 그대로 수용해 이 작 품에 반영했다.

범인 스몰이 데리고 온 원주민 통가에 대한 묘사는 가관이다. 피살자의 몸에서 독침과 아주 작은 발자국을 발견한 홈즈는 서 재에서 최신판 지명사전을 꺼내 '벵골만 인근의 안다만제도의 원주민' 항목을 왓슨에게 읽어준다. 지명사전의 설명은 편견을 더욱 부추긴다.

"이들은 선천적으로 흉측하게 생겼고, 기형적으로 큰 머리에, 눈은 작고 매서우며 일그러진 얼굴을 하고 있다. 하지만 손과 발은 아주 작다. 너무 완강하고 사나워 이들을 우리 편으로 만들려던 모든 영 국인들의 노력은 수포로 돌아갔다. 이들은 난파한 선원들에게 공 포의 대상이다. 돌을 매단 곤봉으로 생존자의 머리를 때리거나 독 침을 날린다. 학살 후에는 식인 축제를 연다."(『네 개의 서명』 8장)

템스강에서 수십 킬로미터를 추적한 끝에 근접한 거리에서 스몰과 통가를 본 왓슨은 극도의 두려움에 사로잡힌다.

"그것의 정체는 기이하게 큰 머리에 머리카락이 잔뜩 헝클어졌으며

총에 맞은 '흉측한' 원주민 통가가
비명을 지르며 템스강으로 쓰러지고 있다.

키가 매우 작았다. 내가 본 사람 가운데 제일 작은 흑인이었다. 홈즈는 벌써 권총을 겨누었고 나도 야만적이고 기형적인 피조물을 보고 재빨리 권총을 꺼냈다. (……) 그 얼굴이 꿈에 나타날까 무서울 정도였다. 나는 야수성과 잔인함이 그렇게 깊게 새겨진 얼굴을 본 적이 없다."(「네 개의 서명」 10장)

스몰과 통가는 영국으로 와서도 구걸을 하며 목숨을 유지했다. 특히 통가는 박람회 같은 곳에서 흑인 식인종과 같은 역할을 하며 돈을 벌었다. 당시 식민지 근무 경험이 있는 영국인들은 귀국하면서 원주민을 데려와 집에서 전리품처럼 하인으로 부렸다. 일부 원주민은 동물원의 원숭이처럼 자신을 구경하게 하고 돈을 벌었다.

반대로 같은 흉악범이지만 백인에 대한 묘사는 판이하다. '사건집'편의 「유명한 의뢰인」에 악질범 그루너 남작이 나온다. 그를 만난 왓슨은 남작의 외모에 감탄한다.

"그는 정말이지 핸섬한 사나이였다. 이 정도 용모라면 유럽 전역에 명성을 떨칠 만했다. 키는 평균 정도였지만 당당한 체격에 민첩해 보였다. 얼굴은 약간 거무스름하고 동양적인 매력이 넘쳤다. 특히 크고 짙은 색깔의 눈은 우수에 잠긴 듯해서 쉽사리 여성을 홀릴 만하다고 생각했다. (……) 다만 그의 입술은 살인자의 것 같았다."

백인 흉악범의 외모에 감탄하면서 "다만 입술은 살인자의 것 같았다"는 게 왓슨의 평가였다. 원주민 통가의 묘사와 사뭇 대조적이다.

/ 식민지에서 돌아온 흉악범들 /

"잉글랜드의 먼 해안선이 시야에서 멀어집니다.

과거에 순수하고 빛났던 모든 해안선이 암흑처럼 보입니다.

이제 낯선 땅에서 죄수처럼 고역을 겪어야 할 시간이 다가옵니다.

조국이여 부디 안녕!

조국 땅에서 한때 자유로웠습니다."

런던에 거주하던 20대 청년 사이먼 테일러는 '식민지의 꿈'을 안고 1842년 4월 말 런던항에서 호주로 출발했다. 4개월여 걸리는 선상 여행에서 그는 부친에게 이 같은 소회를 적은 편지를 보냈다. 자유 이민자로 돈을 벌려고 1만 5,000킬로미터 떨어진 곳으로 떠나가지만 사이먼은 몹시 착잡했다. 그래서 잉글랜드를 벗어나니 모든 해안선이 암흑처럼 보인 것이다.

1788년부터 호주는 영국의 범죄인들을 내보내는 형벌 식민지가 되었다. 그해 남녀 죄수 700여 명이 배 열한 척에 실려 호주에 도착했다. 살인이나 방화 같은 중범죄인뿐만 아니라 절도

처럼 경범죄인들도 먼 곳으로 격리되었다. 죄수들은 그곳에서 식민지 정부나 민간 기업을 위해 일했다. 1868년 이 정책이 폐지될 때까지 호주 동부 지역으로 15만여 명, 서부 지역으로 1만여 명이 추방되었다. 죄수들은 보통 3~4년 일한 후 자유인이 되어 그곳에 정착했다. 그러나 영국 매체는 호주를 "무법 천지," "범죄인이 들끓는 곳" 등 한마디로 결투가 성행하던 서부개척시대의 미국처럼 묘사했다. 낯선 땅에서의 노동 강도는 노예와 유사했고 임금도 형편없었다. 죄수의 호주 추방은 양식 있는 지식인들의 끊임없는 비판을 받다가 시행된 지 80년이 지나서야 겨우 폐지되었다.

호주에 대한 경멸의 시각은 '경전'에 자주 등장한다. 그중 한 편을 살펴보자. '모험'편의 「보스콤 계곡의 미스터리」에서 살인자 존 터너는 호주에서 무장강도로 온갖 악행을 저질렀다. 그는 친구들과 금괴 수송대를 습격해 큰 돈을 강탈했다. 이때 습격에서 살아남은 마부가 영국으로 터너를 찾아와 과거를 공개하겠다고 협박한다. 터너는 영국으로 돌아와 신분을 숨기고 죄를 씻고자 많은 자선사업도 펼치고 있었다. 그럼에도 과거의 죄가 걸림돌이 된다.

'회고록'편의 「글로리아 스콧호」도 「보스콤 계곡의 미스터리」와 거의 유사하다. 호주로 운송되던 죄수 운반선에서 발생한 폭동, 그리고 여기에서 탈출한 죄수들의 성공, 이를 빌미로 협박하는 사람들의 이야기를 담고 있다. 홈즈가 대학 친구의 부친 집에서 체류하며 맡게 된 첫 사건이다. 이 사건 해결로 홈즈는 탐정으로 밥벌이를 할 수 있겠다고 생각하게 된다.

흉악한 범죄 발생지가 식민지이라는 것 외에, 식민지 드림의 좌절이 흉악범을 만들었다는 설명도 나온다. 식민지 드림이 좌절된 의사가 어떻게 극악무도하게 변하는지를 생생하게 보여준다. 머리가 좋은 악인 그림스비 로일롯(「얼룩무늬 밴드」)은 출세 한번 해보려고 식민지 인도로 떠난다. 점차 쇠락하는 가문을 일으켜 보고자 친척에게 돈을 빌려 인도 캘커타에서 병원을 개업했다. 사업이 번창하던 중 집에서 가끔 도난 사건이 발생했다. 그는 분노를 조절하지 못해 인도인 집사를 때려 죽이게 되었고 겨우 살인죄를 면한 채 도망치듯 귀국했다. 그후 그는 의붓딸 둘을 하인처럼 부린다. 첫째 딸을 연못 독사로 살해했지만 검시인들은 아무것도 밝혀내지 못했고, 둘째 딸까지 죽이려 했다. 여기에서 주목할 만한 점은 그가 인도의 열대 기후 때문에 더 폭력적이 되었을 거라는 서술이다. 그의 폭력성을 인도의 기후 탓으로 돌린 것이다.

반면에 식민지에서 돈을 번 사람들의 유산을 둘러싸고 범죄가 일어나기도 한다. '모험'편의 「사라진 신랑의 정체」에서 의뢰인 메리 서더랜드는 결혼식장으로 가던 신랑이 감쪽같이 사라지는 황당한 일을 겪었다. 의붓아버지와 친어머니가 짜고 딸이 결혼하지 못하도록 방해한 것이다. 메리에게는 뉴질랜드에 사는 숙부가 있었는데 유산을 메리에게 남겨주었다. 숙부는 유산으로 남긴 뉴질랜드 국채를 런던의 '더시티' 소재 투자회사에 맡겨놓았다. 메리는 이 국채에서 나오는 상당한 액수의 돈과 타자수로 일하며 번 돈의 절반을 계부에게 주고 있었다. 메리가 결혼하면 이 돈을 전혀 받지 못하게 되므로 계부와 생모가 짜고 저지른 사건이었다.

식민지 역사를 겪은 우리는 제국주의를 비판적으로 바라본다. 하지만 당시 지구상 최대의 제국을 거느린 대영제국의 지식인이었던 코난 도일은 제국주의를 정당하다고 보았고 식민지를 경멸했다. 전염병과 독약이 모두 후진국 식민지에서 유래했고 백인이 가장 우월하다는 작가의 시선이 '경전'에 고스란히 담겨 있다.

코난 도일, 전쟁에 참여하다

루드야드 키플링(Rudyard Kipling)은 소설 『정글북』의 작가로 우리에게 잘 알려져 있다. 그는 코난 도일과 함께 보어전쟁의 열렬한 지지자였다. 인도 뭄바이(봄베이)에서 출생한 키플링은 식민지에서 자국의 우월함을 몸소 체험했다.

1899년 발표된 시 「백인의 부담(White Men's Burden)」에서 키플링은 미국에게 필리핀을 식민지로 만들어 문명화할 것을 권고한다. 그는 영국이 인도 등 각국을 식민지로 만드는 것이 "신이 부여한 책무"이듯, 미국에게도 문명화가 백인의 부담이라고 점잖게 촉구한다. 당시 상당수 지식인들이 이런 이유로 제국주의를 정당화했다.

코난 도일도 예외는 아니었다. 그는 글만 쓴 게 아니라 직접 전쟁에도 뛰어들었다. 보어전쟁이 발발하자마자 군에 자원입대했다. 그런데 이 문제로 어머니와 극심하게 갈등을 겪었다. 독실한 가톨릭 신자였던 어머니는 보어전쟁이 표면적으로 거론된 투표권 요구가 아니라 영국 정부가 금광을 독차지하려는 속셈에서 시작되었다고 판단했다. 다행인지 불행인지 코난 도일은 총을 들 수 없게 되었다. 당시 마흔 살로 나이가 너무 많고 180센티미터의 장신이어서 신체검사에서 탈락했다. 그러나 친구가 야전병원을 차리자 원하던 대로 전장에서 반 년 정도 일했다. 그는 1891년 '모험'편을 연재하면서 의사 일을 그만두고 전업작가가 되었었다. 그러다 만 9년 만에 다시 의사가 되어 전방에서 부상병을 돌보게 된 것이다. 보어전쟁이 정당한 전쟁임을 확신했기 때문이다.

코난 도일은 1900년에 『남아프리카 전쟁 — 원인과 수행』이라는 책을 출간했다. 그의 유명세에 힘입어 약 6만 부 정도가 팔려 나갈 정도로 인기가 많았고 특히 정부에서 좋아했다. 유명인이 정당한 전쟁이라고 주장하며 앞장서서 책도 펴내고 신문에 칼럼도 기고했기 때문이다. 2년 후 그는 에드워드 7세로부터 기사 작위를 받았다. 의료봉사단으로 참전해 솔선수범했을 뿐만 아니라 강제수용소 때문에 비판받던 보어전쟁을 정당화하는 데 크게 기여한 공로였다. 물론 코난 도일이 야전병원에서 근무하고 귀국한 후 어머니와의 갈등도 수습되었다.

코난 도일은 의대생 때부터 가족의 생활비를 벌었다. 알코올의존증을 앓고 있던 아버지가 가장 역할을 하지 못하자 힘들게 가족을 부양하는 어머니를 힘껏 도왔다. 에든버러 의대에 재학 중이던 1880년 봄 7개월간 북극 포경선을 탔는데 그때 빙하에 빠져 죽을 고비를 넘기기도 했다. 선상 의사는 보수가 후했기 때문에 용돈도 벌고 어머니도 돕기 위해서였다. 이 정도로 그는 어머니를 존경하고 따랐던 '엄친아'였다. 편지에서도 항상 '엄마(mam)'라고 다정히 불렀다.

10장

((전쟁))

"전쟁 중에 홈즈는
조국을 위해 무슨 일을 합니까?"

"동풍이 불어오고 있어. 아직 영국에 분 적이 없는
모진 바람 말이네. 춥고도 견디기 어려운
날씨가 되겠지. 어쩌면 우리 중 상당수가 바람이
불기도 전에 사라져버릴 수 있을 걸세."

── '마지막 인사'편의 「마지막 인사」

제국주의 시대에 전쟁은 곳곳에서 벌어졌다. 프랑스와 영국은 19세기 말 아프리카에서 치고받는 식민지 쟁탈전을 벌였다. 독일은 1890년대에 식민지 경쟁에 뒤늦게 뛰어들어 영국 및 프랑스와 자주 충돌했다. 제국주의 국가 간의 갈등은 결국 1914년 1차대전의 발발로 이어진다. 4년 넘게 계속된 1차대전에서 영국과 프랑스, 러시아의 삼국 협상(1년 늦게 이탈리아도 가담) 측은 독일과 오스트리아-헝가리 제국, 오스만투르크의 삼국 동맹 측과 세계 곳곳에서 싸웠다. 세계 각지에 식민지가 있었기에 식민지에서도 전투가 벌어졌고 자치를 누리던 캐나다와 호주도 영국 편에 합류해 참전했다.

제국주의자이자 애국자였던 코난 도일은 전쟁이 발발하자마자 거주지에서 의용군을 조직했다. 예비군 사병으로 일하며 독일군 포로를 감시하는 일도 많았다. 전쟁이 길어지자 그는 영국과 프랑스, 이탈리아군이 전투 중인 전선을 시찰했다. 영국 정부는 유명한 작가로 하여금 전선을 방문하게 하여 군인의 사기를 북돋고 전쟁에 유리하게 보도하고자 했다. 코난 도일도 여기에 기꺼이 참여했다.

코난 도일이 1916년 전선을 찾아 군인들을 격려하던 중 "전쟁 중에 홈즈는 조국을 위해 무슨 일을 합니까?"라는 질문을 받았다. 생사의 기로에 서 있던 군인들은 홈즈의 맹렬한 활약을 기대했다. 그러나 코난 도일은 "너무 늙어 봉사할 수 없다"고 대답했다. 하지만 곧바로 실수임을 깨닫고 「마지막 인사」를 썼다. 이 단편은 전쟁에서 혁혁한 공을 세우는 탐정에 대한 이야기다. 1차대전이 발발하기 전에도 홈즈는 국가를 위해 봉사하는 애국자로 자주 등장한다. 코난 도일은 자신이 무척이나 하고 싶었던 일을 홈즈를 통해 표출한 것이다.

/ 아일랜드 첩자로 변장한 홈즈 /

「마지막 인사」는 영국이 독일에게 선전포고를 하기 이틀 전인 1914년 8월 2일 밤에 일어난 극적인 사건을 다룬다. 홈즈는 사건 발생 2년 전에 독일 카이저(황제)의 충성스러운 거물 스파이

폰 보르크의 조직에 천신만고 끝에 잠입한다. 폰 보르크는 영국에서 암약 중이다.

1904년 퇴직한 홈즈는 남동부 해안가의 작은 마을에서 양봉을 연구하며 여유로운 전원생활을 즐기고 있었다. 많은 사람들이 그를 찾아와 사건을 의뢰했지만 전혀 움직이지 않았다. 하지만 외무장관과 총리까지 찾아와 애원하는 바람에 할 수 없이 국가를 위해 다시 나서게 된다.

당시 국가 기밀이 여기저기서 새어 나갔는데 도무지 출처를 알 수 없었다. 그래서 홈즈는 무려 2년간의 노력 끝에 겨우 비밀 조직에 잠입할 수 있었다. 홈즈는 앨터몬트라는 가명을 쓰고 아일랜드계 미국인으로 신분을 위장했다. 미국으로 건너가 시카고의 지하세계에서 일하다가 폰 보르크 부하에게 접근하는 데 성공했다. 그리고 영국 해군의 최신 암호를 넘겨주는 대가로 거액을 받기로 한다.

8월 2일 밤, 운전수로 위장한 왓슨과 함께 폰 보르크의 집에 도착한 홈즈는 마지막 순간에 그를 체포한다.

이 소설은 '경전'에 들어가지도 못할 거라는 셜록키언들의 혹평을 받았다. 과학적인 추리와 수사 능력이 눈을 씻고 찾아봐도 없다. 그럼에도 소설은 당시 전쟁 발발 직전의 상황을 정확하게 그려냈다. 먼저 잠수함전을 보자.

코난 도일은 1913년부터 잠수함전의 위험을 경고했다. 그해

스파이로 변신한 홈즈가 독일 첩보원 폰 보르크의 뒷목을 잡고
마취약을 묻힌 스펀지로 기절시킨 후 체포한다.

여름《포트나이틀리 리뷰^{Fortnightly Review}》에 '영국과 다음 전쟁'을 기고했다. 적의 잠수함은 해상 봉쇄에도 영향을 받지 않으므로 크게 위험하다며 다음과 같은 논리를 전개했다.

"도버해협과 아일랜드해 밑에 잠복해 있을 수십 척의 독일 잠수함이 우리의 식량 보급에 정확히 무슨 영향을 미칠지는 추정하기가 어렵다. 수십 척의 잠수함이라도 우리의 보급로를 완전히 차단하지는 못할 것이다. 하지만 각종 식량과 무기 조달 비용이 크게 올라갈 것이다."

이 글이 발표된 후 영국 전쟁성의 고위 장성이 코난 도일을 만나 불만을 표시했다. 장군은 잠수함이 독일과의 전쟁에서 그리 중요하지 않을 것이라고 전망했다. 하지만 코난 도일의 자서전 작가 라이셋은 코난 도일의 경고가 독일군에게 큰 도움이 되었다고 분석한다. 강력한 해군력을 보유한 영국군에게 치명상을 입힐 수 있는 것이 1차대전에서 처음 활용될 잠수함에 있다고 독일군은 판단했다. 코난 도일의 전망은 적중했다. 독일은 1차대전에서 무제한 잠수함전을 전개해 영국과 미국 상선에 큰 손실을 입혔다. 영국이 무기와 필수품을 보급하는 데에도 그만큼 어려움을 겪었다.

이 소설에서 스파이와 만난 독일 대사관의 서기관은 영국군의 전쟁 준비가 부족하다고 평가한다. 탄약 비축이나 잠수함 공격에 대비한 고성능 폭탄 제조 등이 별로 이루어지지 않았다는 것이다. 이 서기관은 독일은 완벽하게 전쟁 준비를 마쳤지만 영국은 자체 준비도 부족한 마당에, 벨기에나 다른 나라를 도우려 참전하지는 않을 것이라고 내다보았다. 이런 상황에서도 독일은 영국의 막강한 해군력 저지에 필요한 신규 암호 체계를 기필코 확보하려 했다. 독일인 캐릭터의 입을 빌려 코난 도일은 당시 자신의 잠수함전 경고를 무시했던 사람들을 간접적으로 비판한 셈이다.

「마지막 인사」에서 왜 홈즈는 아일랜드인으로 신분을 위장했을까? 그만큼 아일랜드인들이 영국(잉글랜드)을 증오했기 때문이다. 1800년 연합왕국 영국이 된 아일랜드는 이후 잉글랜드가 중심이 된 영국과 많은 갈등을 겪어왔다. 게다가 1845~1847년에는 주식이던 감자의 대흉작으로 수십만 명이 숨졌다. 그리고 이때부터 10년간 약 200만 명이 고향을 등지고 미국으로 이민을 떠났다. 미국에 거주하는 이민자 가운데 아일랜드계가 잉글랜드 출신보다 훨씬 많았다. 이들은 가톨릭을 믿으며 강한 연대를 유지했고 1차대전이 발발하자 독립에 도움이 될 수 있다며 독일을 지지했다.

그렇기에 홈즈가 변장한 앨터몬트는 영국을 엄청나게 증오하는 아일랜드계 미국 시민으로 나온다. 독일 첩자 폰 보르크는 이 점을 간파했다. 독일 우선의 국수주의자들은 식민지 쟁탈에 사사건건 끼어드는 영국을 증오했다. 그런데 아일랜드계 미국인(홈즈)의 영국 증오 정서가 이보다 훨씬 더 강하다고 첩자는 판단했다. 그만큼 홈즈는 감쪽같이 신분을 위장해 반영 정서를 효과적으로 표출한 셈이다.

홈즈는 안타까운 마음으로 전쟁 발발 초기를 회고한다. 글 첫머리에 인용된 '동풍'은 유럽 대륙에서 불어오는 바람이다. 홈즈는 곧 전쟁의 피바람이 섬나라를 덮칠 것으로 예상하지만 친구 왓슨은 날씨가 좋은데 왜 그러냐며 짐짓 딴청을 피운다.

「마지막 인사」 첫머리에서 왓슨은 전쟁이 발발한 1914년 8월을 회상하며 당시의 분위기를 전한다. "세계 역사상 가장 끔찍한 8월," "타락한 세계가 신의 저주에 걸렸다고 벌써 생각하는 듯했다"라는 문구가 독자를 암울하게 사로잡는다.

「마지막 인사」는 1917년 전쟁의 막바지에 출간되었다. 전쟁 첫 해 성탄절까지 전쟁이 끝날 것으로 예상한 사람들이 많았으나 동부, 서부 전선에서 참호전이 계속되었다. 그러기에 글 첫머리에 "가장 끔찍한 8월"이라는 문구가 등장한다. 이 전쟁에서 영국군만 75만 명이 넘게 숨졌다. 특히 20대 젊은이들의 희생이 컸다. 참호전에서 젊은 장교들이 앞장서 공격을 이끌어야 했다. 주로 명문 사립학교와 대학 출신의 젊은이들이 스러져갔다. 코난 도일의 장남 킹슬리도 의사로 일하다가 징집되어 서부전선에서 복무하던 중 목에 부상을 당했다. 결국 아들은 종전을 보름 앞둔 1918년 10월 말 스페인독감으로 숨졌다. 복무했을 때 다쳤던 목

때문에 폐렴에 더 쉽게 감염된 것이다. 불과 스물여섯 살이었다.

/ "잠수함을 개발하라" /

19세기 말부터 20세기 초에 미국과 프랑스는 잠수함의 개발과
운용에서 선두에 섰다. 미 해군은 1900년에 잠수함 홀랜드 6호
Holland VI를 운용하기 시작했다. 9명의 승조원이 탑승해 어뢰와
총을 발사할 수 있었다. 프랑스는 1890년대부터 몇 종류의 잠수
함을 개발하고 계속 개선해 나갔다. 프랑스는 1905년 세계 최초
로 디젤로 가동하는 에그렛Aigrette 잠수함을 운용했다. 반면에 막
강한 해군력을 보유한 영국은 잠수함 자체 개발에 그리 관심을
보이지 않았고 미 해군의 홀랜드 잠수함을 1903년에야 구입했
다. 이런 상황에서 홈즈의 활약을 보자.

'마지막 인사'편의「브루스 파팅턴 잠수함 설계도」는 1908년
에 출간되었으나 사건의 배경은 1895년이다. 정보기관에서 일
하며 '종합정보처리센터'로 이름을 날리는 홈즈의 형 마이크로
프트가 화급한 일로 동생을 찾아왔다. 형에 따르면, 2년 전 정부
가 거금을 들여 비밀리에 잠수함 발명 특허권을 독점 구매했다.
설계도는 도난 방지가 되어 있는 비밀 사무실 안의 금고 속에 철
통같이 보관되었다. 그런데 설계도 일곱 장이 철로에서 사망한
채 발견된 젊은이의 주머니에서 나왔다. 나머지 세 장의 설계도

는 행방이 묘연하다. 만약 이 설계도가 프랑스나 러시아, 독일의 손에 들어간다면 영국 해군으로서는 큰 손실이 아닐 수 없다. 홈즈의 형은 "브루스 파팅턴 잠수함이 작전을 개시하면 해전은 불가능하게 된다"고 걱정이 태산 같다. 잠수함 설계도가 적군에 넘어가면 적이 잠수함을 건조해 바다 속에서 몰래 어뢰를 발사하고 군함을 파괴할 테니 아무리 막강한 군함을 보유해도 전쟁에서 불리할 수밖에 없다. 마이크로프트는 동생에게 국가를 위해 일해달라고 간청한다. 홈즈는 국가보다 사건이 흥미로워 맡겠다고 선뜻 응한다.

홈즈의 형은 촘촘한 정보력을 동원해 런던에서 암약 중인 거물 스파이 세 명을 파악하고 명단을 동생에게 넘겨준다. 홈즈는 지하철 선로와 인접한 집에서 거주하는 첩보원으로 용의자의 범위를 좁힌다. 앞서 홈즈는 잠수함 설계도를 보관 중인 무기창에서 일하던 젊은이가 기차에 치인 게 아니라 다른 곳에서 죽임을 당한 후 기차 지붕 위로 던져졌다가 철로 위에 떨어졌음을 확인했다. 지하철 인근에서 거주하던 첩자 휴고 오버슈타인이 파리로 도주했음을 알고 그를 런던으로 유인해 체포한다. 스파이의 여행 가방에 잠수함 설계도가 있었다. 첩자는 설계도를 유럽의 주요국 해군에게 경매에 부쳐 거액에 팔려 했던 것으로 드러났다.

1890년대 미국과 프랑스에서 잠수함 개발 경쟁이 치열하게 전개되고 있음을 코난 도일은 잘 알았다. 그런데 영국은 이런 경쟁에 뒤처지니 안타까운 나머지 홈즈를 이용해 잠수함 개발이 필요함을 널리 알리고자 했다. 하지만 별로 효과는 없었다.

/ 홈즈, 전쟁을 막다 /

1차대전 발발 전에도 유럽 주요 국가 간에 위기가 몇 차례 있었다. 홈즈는 이때도 활약상을 펼친다. '귀환'편의 「두 번째 얼룩」에서 홈즈는 비밀 외교 문서를 회수해 유럽 주요국 간의 전쟁을 저지했다. 당시 격동치던 국제 정세 속에서 사소한 오해 때문에 자칫 전쟁이 발발한다면 그 결과는 불을 보듯 뻔할 것이다. 이 사건도 1894년이 배경이다. 홈즈의 전기작가 왓슨은 이 사건을 "홈즈가 해결한 숱한 사건들 가운데 가장 중요하고 국제적인 사건"이라고 규정한다.

아침 일찍 재임 중인 총리와 유럽 담당 장관이 베이커 거리를 찾아왔다. 장관이 침실 문서함 속에 은밀하게 보관하던 문서를 도난당했다고 한다. 총리는 "그 문서 내용이 알려지면 유럽 전체가 분쟁에 휘말릴 가능성이 높습니다. 문서 한 장에 평화냐 전쟁이냐의 중차대한 문제가 달려 있다고 해도 과언이 아닙니다"라며 근심에 가득 차 호소했다.

국가 1급 비밀이기 때문에 공개 수사는 애초부터 불가능하다. 홈즈가 내용을 알아야 수사를 맡는다고 하자 결국 총리는 국가 기밀을 털어놓는다.

편지는 한 이웃 나라의 군주가 영국의 식민지 개척을 보고 심기가 불편해져 독단적으로 써보낸 것이었다. 외교적으로 부절적한 언어를 사용했고, 일부 내용은 아주 도발적이었다. 따라서 이런 내용이 공개된다면 영국 여론이 들끓을 터이고 일 주일 안에 전쟁에 휩쓸리고 말 거라고 의뢰인은 우려했다.

홈즈는 그 자리에서 이 사람이 맞느냐며 메모지에 이름을 써 해당 군주가 누구인지를 확인한다. 본문에는 누구라고 나와 있지 않다. 예민한 내용이기 때문이다. 하지만 글의 문맥을 보면 독일 황제 빌헬름 2세가 거의 확실하다. 그는 영국 빅토리아 여왕의 장손이었지만 외할머니에게 무례하게 대했고 사촌지간이었던 앨버트 에드워드(차후 에드워드 7세, 1901~1910년 재임)에게도 함부로 대했다. 이 시기에 그는 남아프리카의 폴 크뤼거 대통령에게 축전을 보내기도 했다. 영국의 식민지 정책을 비판하면서도 아프리카 식민지 개척에 뒤늦게 뛰어들어 대놓고 친 보어인 정책을 실행하고 있었다.

영국 언론은 독일의 이런 정책을 오만불손하다고 비판했다. 그런데 황제가 친필로 쓴 거친 내용의 편지가 공개된다면 그냥 넘어갈 문제가 아니었다. 영국에선 당장 그 거만한 황제를 그냥 두어서는 안 된다는 여론이 들불처럼 일어날 것이다. 따라서 이 편지가 공개되는 것을 하루빨리 막아야 한다.

장관이 집에서 은밀하게 보관 중이던 편지에 접근할 수 있는 사람은 극소수에 불과하다고 홈즈는 판단했다. 알고 보니 이 사건은 런던에서 암약 중이던 첩보원과 그를 방문한 한 여성과 관련이 있었다. 첩보원이 장관 부인의 약점을 잡아 편지를 요구했고 아내는 불미스런 과거가 드러날까 봐 편지를 넘겨주었던 것이다. 물론 우리의 홈즈는 아무런 잡음도 나지 않게 사건을 깔끔하게 해결했다.

셜록 홈즈 시리즈를 단순한 탐정소설로 볼 수 없는 이유가 더 선명해진다. 1차대전이 일어나기 전 런던에서 치열한 첩보전이 펼쳐졌다. 전쟁이 발발한 후에도 마찬가지다. 원래 역사소설로 이름을 남기고 싶었던 코난 도일은 종종 홈즈에게 국가 중대사를 해결하도록 했다. 그중 적의 수중에 넘어갈 뻔한 잠수함 설계도 회수와 같은 에피소드는 성공했던 반면에 「마지막 인사」는 군인들의 요청에 부응한 첩보소설이라 '경전'에 넣어서는 안 된다는 비판까지 달게 받았다.

왓슨의 아프가니스탄 참전

121년이 지난 후 영국은 동일한 곳에서 다시 전쟁을 벌였다. 바로 아프가니스탄에서다.

의사 왓슨이 홈즈를 처음 만난 게 1881년 런던에서다. 2차 아프가니스탄 전쟁에 참전했던 왓슨은 심신이 피폐해져 런던에서 룸펜 생활을 하다가 홈즈를 만난다. 아프간 전쟁이 없었다면 의사가 컨설팅 탐정을 만나 룸메이트가 될 확률은 거의 제로다. 그런데 BBC가 2010년 방영한 〈셜록〉 첫 편에서도 왓슨은 여전히 아프가니스탄 참전 군인으로 나온다. 드라마 〈분홍색 연구(A Study in Pink)〉에서 왓슨은 2001년 9월 발발한 아프가니스탄 전쟁에 참전했다가 다쳐 제대했다. 첫 화면에 아프간 전쟁이 나오며 악몽에서 깨어나 괴로워하는 왓슨이 그려진다.

보통 아프간은 '제국의 무덤'이라고 불렸다. 제국주의 국가들이 아

『주홍색 연구』에서 부상당한 왓슨을 전령이
등에 업고 필사적으로 도주 중이다.

프간을 굴복시키려 했지만 번번이 실패했다. 영국은 19세기에 러시아의 남하를 막는 외교정책을 펼쳤다. 러시아가 중앙아시아를 거쳐 인도로 오는 길목에 아프간이 있었기에 영국은 이 나라를 최소한 중립 국가로 만들거나 아니면 굴복시켜야 했다. 1839~1842년의 1차 아프간 전쟁에서 영국은 대패했다. 4,000미터가 넘는 고산지대에서 처음 전쟁을 벌였고 보급선이 길어지면서 아무런 성과도 거두지 못하고 후퇴했다. 1878~1880년 왓슨이 참전한 2차 아프간 전쟁에서 겨우 승리해 이곳을 완충지대로 만들 수 있었다.

2001년 9·11테러 후 미국은 테러 용의자 오사마 빈 라덴을 비호하고 있다며 아프간을 전격 침공했다. 영국은 미국의 맹방으로 이 전쟁에 참전했다. 그러다가 2021년 8월 31일 미국의 바이든 행정부가 아프간에서 전격 철수했다. 아프간에 안정적인 정부도 수립하지 못했을뿐더러 테러를 뿌리뽑지도 못했다. 미군과 영국군의 희생만 남긴 채로 말이다. 현대판 '제국의 무덤'이랄까.

11장

⟨ 영국과 미국 ⟩

"미국 사람을 만나는 일은
항상 즐겁습니다"

"과거 왕과 총리의 실수 때문에 우리는 떨어져
살게 되었습니다. 하지만 영국인과 미국인들이 언젠가
전세계에 걸쳐 있는 한 나라에서 유니언잭과 성조기를
결합한 국기를 갖고 함께 거주하지 못할 이유는 없지요."

— '모험'편의 「독신 귀족」

영국은 미국과의 특별한 관계를 항상 강조해왔다. 2001년 9월 미국이 아프가니스탄을 전격 침공했을 때 영국은 처음부터 미국과 함께 행동했다. 얼핏 생각하면 두 나라의 특별한 관계가 2차대전 후 냉전 시기부터 시작되었다고 여기기 쉽다. 그러나 최소 19세기 말부터 양국의 관계를 특별하다고 여기는 사람들이 있었다. 코난 도일이 대표 주자였다. 그래서 홈즈 이야기 곳곳에 영국과 미국의 특별한 관계가 드러난다.

/ "누가 진정한 친구이겠는가?" /

코난 도일의 시각은 역사소설에 먼저 나타났다. 코난 도일은

1891년 『흰색의 중대The White Company』를 발표했다. 14세기 중반부터 백여 년 동안 벌어진 영국과 프랑스의 백년전쟁을 배경으로 한 이야기다. 영국의 귀족과 기사들이 중심이 된 궁수부대가 얼마나 용맹스럽게 싸웠는지를 묘사했다. 이 작품은 안타깝지만 홈즈 시리즈에 가려져 묻혀버린 역사소설이다.

그런데 이 책의 헌사는 주목할 만하다.

"이 작은 연대기는 영어를 말하는 인종들의 재결합을 위하여, 우리가 공동 조상임을 알리고 미래에 하나가 되기를 바라는 마음에서 썼다."

책에서만 그치지 않고 그는 미국을 방문할 때마다 이 점을 강조했다. 당시 영국에서는 무섭게 발전하는 미국을 경계하는 목소리가 있었다. 최강대국이던 영국의 국제적 위상을 위협하는 신흥 강대국의 부상이었기 때문이다.

1894년 10월 초 코난 도일은 정기 여객선을 타고 뉴욕에 도착했다. 약 두 달간 체류하면서 17세기 청교도들이 정착한 뉴잉글랜드 지역은 물론이고 시카고 등 미국의 주요 도시를 다니며 강연했다. 이 여행 중에 코난 도일은 미국의 부상을 긍정적으로 평가했다. 일부 청중들이 반영 감정을 드러내자 그는 다음과 같이 대응했다.

"미국은 이제 세계 무대에서 역할을 찾기 시작했습니다. 그렇다면 여러분의 우방과 적을 결정하는 것은 선입견이나 원한

이 아니라 현실 문제일 것입니다. 영국처럼 같은 종족을 제외하고는 수많은 민족 가운데 여러분의 친구는 아무도 없을 것입니다. 그리고 마지막 순간까지 여러분의 곁에 있을 사람은 영국인일 것입니다."

라이셋이 쓴 코난 도일 전기에 나오는 글이다. 미국 일부에서 식민지 독립전쟁과 같은 과거의 원한을 이유로 영국에 반감을 드러내자 코난 도일은 "위기가 닥친다면 과연 누가 미국의 진정한 친구이겠는가?"라고 반문했다. 그의 발언은 당시에는 황당하게 들렸을 것이다. 그러나 영국과 미국 간의 특별한 관계는 1차대전 말에 여지없이 드러났다. 앞장에서 강조했듯 영국이 독일을 물리치려면 미국의 참전이 절실하게 필요했다. 전쟁 말에 미국이 참전했기 때문에 1차대전은 우리가 알고 있는 결과로 마무리되었다.

코난 도일은 유명인이었기 때문에 그의 연설은 미국 언론의 관심을 받았다. 1894년 그가 뉴욕에 발을 들여놓았을 때 수십 명의 기자들이 몰려들었다. 당시 《뉴욕타임스》는 "코난 도일은 훤칠하고 다부지다. 그는 유쾌하며 호기심이 많다"라고 첫 인상을 적었다. 홈즈 소설은 영국과 미국에서 거의 동시에 출간되었고 그는 미국에서도 인기 작가로 극진한 대접을 받았다. 그러기에 이 방문 중에 영국과 미국의 특별한 관계를 강조한 그의 발언 역시 많은 주목을 받았다.

/ 돈 많은 미국 여성과 가난한 영국 귀족의 결혼 /

코난 도일은 역사소설뿐만 아니라 '경전'에서도 미국과의 특별한 관계를 강조한다. '모험'편의 「독신 귀족」에서는 결혼에서의 자유무역을 반대하는 영국의 한 일간지 칼럼을 소개했다.

"현재의 자유무역 원칙은 결혼시장에서 영국인에게 아주 불리한 듯하기에 곧 보호무역 요구가 있을 것이다. 대서양을 건너온 아름다운 사촌들이 점점 영국의 귀족 가문 안주인이 되어간다. 지난주에도 매력적인 침입자들이 새로 안주인이 되었다. 20년 넘게 큐피드의 사랑의 화살을 거부했던 세인트 사이먼 경이 캘리포니아주 부호의 딸 해티 도런 양과 결혼한다고 발표했다. 웨스트버리 저택에서 벌어진 연회에서 도런 양은 기품 있는 자태와 빼어난 미모로 많은 사람들의 주목을 받았다. 외동딸인 그녀의 지참금은 여섯 자릿수가 넘을 뿐만 아니라 장래에 거액의 유산을 더 상속받을 것이다. 세인트 사이먼 경은 비치무어에 작은 영지만을 소유하고 있다. 이번 결혼으로 캘리포니아 상속녀는 공화국의 아가씨에서 영국 귀족으로 쉽사리 신분이 바뀔 것이다. 하지만 그녀만 신분이 상승하는 것은 아니다."

귀족도 아닌 미국 처녀들이 가난한 영국 귀족과 결혼하는 당시의 세태를 묘사한 글이다. 대서양을 건너온 아가씨는 영국 귀족이 되고 영국의 가난한 귀족은 부유해진다. 이 신문 칼럼은 이런 사례가 자주 있어서 영국 여성들의 결혼이 어려워진다고 한탄한다. 홈즈가 열독하는 신문에서 이런 칼럼이 나올 정도면 당시 미국 여성과 영국인의 결혼이 얼마나 흔한 일이었는지를 짐작할 수 있다. 미국과 영국은 공유하는 역사와 문화 외에도 대서양을 횡단하는 여객선으로 왕래가 더욱 빈번해졌고, 이런 요인들이 대서양을 넘나드는 결혼을 촉진했다.

그런데 호사가들의 입에 오르내린 이 결혼식에서 미국인 신부가 결혼식을 마치고 피로연에서 갑자기 사라지는 괴이한 일이 벌어진다. 체면을 구긴 사이먼 경은 경찰에 신고를 하고도, 득달같이 홈즈를 찾아와 은밀하게 해결해달라며 도움을 청한다.

런던 경찰청의 레스트레이드 경감은 하이드파크 연못에서 발견된 신부의 웨딩드레스와 구두 등을 근거로 살인사건에 무게를 두었다. 피로연장에 사이먼 경의 옛 애인이 나타나 난동을 부렸고, 옷가지와 함께 발견된 종이 쪽지에서 그 애인의 이름 첫 글자와 동일한 이니셜이 나왔기 때문이다. 하지만 홈즈는 추론과 증거를 바탕으로 다른 방향에서 수사를 펼친다.

귀족으로의 신분 상승을 꿈꾸며 기뻐하던 미국 신부가 갑자기 사라졌다는 것은 이 결혼을 포기할 만큼 중요한 이유가 있었을 것이다. 누군가 다른 사람이 나타났을 확률이 가장 높다. 결혼식 당시에 퇴장하던 신부가 부케를 떨어뜨렸고 이를 주운 미국 남성이 있었다. 이 사건 후 신부는 매우 초조해하며 미국에서 함께 온 하녀와 대화를 나누었다. 신부는 'jump a claim'이라는 용어를 썼다. '채굴권을 가로채다'는 뜻이다. 신부는 미 캘리포니아 광산 재벌의 딸이어서 이런 속어에 익숙하다. 채굴권을 소유한 사람이 있는데 누군가 갑자기 나타나서 자기 것이라고 주장한다는 뜻이다.

신랑이나 경찰은 이 말에 전혀 신경을 쓰지 않았고, 무슨 말인지도 몰랐다. 하지만 홈즈는 이 말에서 결정적인 힌트를 얻는다. 미국에 호의적인 코난 도일은 미국식 영어도 잘 이해했다. 그렇기에 작가의 분신이라 할 수 있는 홈즈는 이 용어를 근거로 사건 해결에 한 발 더 나아간다. 영국에 온 지 얼마 되지 않은 신부를 사라지게 할 수 있는 사람이라면? 떨어뜨린 부케를 주워준 사람은 바로 신부가 미국에서 먼저 결혼한 남자였다. 그는 애리조나와 뉴멕시코 등에서 노다지를 캐다가 인디언에 붙잡혀 죽은 것으로 알려졌다. 그런 그가 결혼식장에 나타난 것이다. 따라서 신부는 하녀에게 '채굴권을 가로채다'라는, 자기들끼리만 이해하는 속어를 쓰며 첫사랑에게 간다고 넌지시 말했다. 뒤늦게 결혼하는 영국 귀족이 먼저 결혼한 미국인의 권리를 가로챈 셈이다.

홈즈는 사건 해결에만 그치지 않는다. 미국인 부부는 아무런 흔적 없이 사라지려고 연못에 웨딩드레스 등을 가차없이 버렸

자존심에 큰 상처를 입은 영국 귀족(맨 오른쪽)이 냉랭한 표정으로
미국인 부부를 쳐다본다. 맨 왼쪽이 중재자 셜록.

다. 하지만 홈즈는 두 사람을 만나 크게 상심할 영국 귀족을 조금이라도 배려해달라며 멘토처럼 설득한다. 그래서 결국 두 사람이 영국 귀족을 만나러 베이커 거리 221b로 온다. 원래의 홈즈였다면 그냥 사건 해결로 마무리했을 것이다. 하지만 코난 도일이 미국에 특별한 애정을 품었기 때문에 홈즈에게 탐정에서 더 나아가 중재자 역할도 맡긴다. 이 장의 첫머리에 인용된 것처럼, 홈즈는 영국인과 미국인이 다시 한 나라에서 살기를 바란다는 발언을 하며 서먹한 분위기를 누그러뜨리려 한다. 그러나 기분이 몹시 상한 영국 귀족은 전 신부가 내민 화해의 악수도 마지못해 냉랭하게 받아주었다.

/ 사촌의 나라, 미국 /

왕래가 빈번하다 보니 결혼뿐만 아니라 범죄인들도 서로 자주 접촉했다.

1840년부터 정기 여객선이 영국과 미국 간에 운영되었다. 커나드 선사는 '브리타니아호'를 투입해 영국 리버풀에서 미국 보스턴까지의 정기 여객선 서비스를 처음 시작했다. 초창기 여객선은 목선에 범선이었다가 1860년대에 철로 제작되었고 여러 가지 편의시설도 갖추었다. 영국과 유럽 대륙 간의 해저 케이블은 1851년, 영국과 미국 간에는 1866년 완공되어 전보가 가능해졌다. 홈즈 수사에 종종 등장하는 영국 경찰과 미국 경찰의 범죄인 정보 교류는 이런 인프라가 있었기에 가능했다.

관광객들 틈에 끼어 범죄인들도 자유롭게 왕래할 수 있었다. 첫 소설 『주홍색 연구』는 범인을 체포하는 1부보다 2부가 지루하고 길다. 모르몬교에 대해, 그리고 사건 발발과 추적 과정에 대해 장황하게 서술한다. 평론가들도 2부의 이런 문제점을 비판했다.

모르몬교가 시작된 미국 유타주 대평원에서 조난당한 남자와 아이가 모르몬 교도들에게 구조된다. 당시 영국에서 모르몬교는 지적 호기심이 있는 사람들이나 관심을 가졌을 뿐이었다. 코난 도일은 2부 곳곳에 그들의 교리와 공동체 생활, 일부다처제 등을 언급하며 갈등 구조를 형성한다. 모르몬 교도에 의해 구조된 존 페리어와 아이 루시는 아버지와 딸의 인연을 맺고 공동체에 거주하며 어쩔 수 없이 모르몬 교도로 살아간다. 하지만 모르몬교의 장로들은 관습에 따라 루시에게 일부다처제를 따르라고 한다. 루시는 의붓아버지의 지인이자 비모르몬 교도 제퍼슨 호프를 사랑한다. 페리어 부녀는 호프와 도주를 감행하지만 붙잡혔고 딸은 강제로 결혼한다. 이 충격으로 아버지와 딸이 차례로 숨을 거둔다. 제퍼슨 호프는 유럽 각국에서, 그리고 마지막으로 런던에서 사랑하는 연인을 죽음으로 내몬 두 명의 모르몬 교도를 처단한다.

코난 도일은 유럽 대륙의 어떤 나라에 대해서도 이 소설에서처럼 애정을 갖고 상세하게 다룬 적이 없다. 그만큼 코난 도일이 사촌의 나라 미국에 각별한 애정을 가졌다는 뜻이다. 그것도 홈즈를 알린 첫 소설에서 말이다.

또 다른 장편소설 『공포의 계곡』도 사건의 주무대는 미국의 탄광촌이다. 미 펜실베이니아의 탄광촌에서 아일랜드계 광부들이 저임금과 열악한 노동 환경 개선을 위해 비밀 조직을 결성한다. 핑커튼 탐정사무소의 뛰어난 요원이 광부들의 비밀 조직에 잠입해 수뇌부를 일망타진한다. 조직의 표적이 된 그는 영국으로 건너와 신분을 바꾸고 영국 여성과 결혼해 생활한다. 그러자 아일랜드 비밀 조직은 모리아티 교수에게 요원의 살해를 의뢰했다. 그리고 얼마 후 다른 나라로 도주 중이던 요원이 여객선에서 흔적도 없이 사라진다. 홈즈는 일 처리 솜씨로 보아 모리아티 일당밖에 없다고 단정짓는다. 미국의 아일랜드계 비밀 조직이 영국 지하세계의 왕인 모리아티 일당에게 거금을 주고 청부 살인을 한 것이다.

홈즈와 왓슨이 범인과 총격전을 벌인 '사건집'편의 「세 명의 개리뎁」에서도 미국의 흉악범이 형기를 마치고 런던으로 와서 동일한 범죄를 저지르는 이야기가 나온다. 위조 지폐범이었다. 미국과 영국 간에는 일반 시민들뿐만 아니라 범죄인들도 교류가 잦았다는 방증이다.

아일랜드계 비밀 조직원들이 십자가를 그으며 서로 인사하고 있다.
(『공포의 계곡』에서)

『주홍색 연구』에는 미국인이 런던에서 숨진 채 발견되었다는 보도가 주요 일간지에 실렸다는 내용이 나온다. 책에서 보수 일간지들은 미국의 부상을 두려워하는 논조를 보였으며, 미국인이 너무 많이 영국으로 건너온다며 문제를 제기했다. 《데일리 텔리그래프》는 정치적 망명가와 혁명가들이 저지른 범죄로 보인다고 보도했다. 특히 미국에 다양한 사회주의 조직이 있고 법을 어긴 이 조직의 일부 혁명가들이 여기까지 추적을 당해 사망한 듯하다고 분석했다. 이 신문은 외국인 관리 감독을 철저히 하라고 정부에 요구했다. 같은 맥락에서 《스탠더드》지는 영국이 통제 없이 너무 자유주의적으로 외국인을 받아들이기 때문에 이런 흉악 범죄가 발생한다고 썼다. 책에서 이렇게 언급했을 정도였고, 실제 언론들도 이들과 비슷한 논조였다.

코난 도일은 19세기 말 강대국으로 부상하고 있는 미국에 관심을 갖고 일찍이 영국과 미국이 특별한 관계라고 역설했다. 앞에서 언급한 코난 도일의 역사소설 『흰색의 중대』 헌사나, '경전'의 「독신 귀족」, 『주홍색 연구』 등에 그의 이런 생각이 잘 드러나 있다.

19세기의 자유무역협정

자유무역협정(FTA). 21세기에 들어 우리나라 언론에 가장 빈번하게 등장한 용어 중 하나다. 고 노무현 대통령 때부터 우리는 싱가폴과 칠레부터 시작해 미국과 유럽연합 등 세계 각국 및 지역과 FTA 체결에 적극 나섰다. 소규모 개방 경제로 전체 경제에서 무역이 차지하는 비중이 70퍼센트 정도를 차지하기에 FTA를 체결해야 관세도 낮추고 비관세 장벽도 줄여 수출입을 더 늘릴 수 있기 때문이다.

하지만 FTA는 21세기, 혹은 2차대전 후의 현상이 아니다. 영국과 프랑스는 1860년에 FTA를 체결했다. 영국과 프랑스의 협상 대표 이름을 써서 콥든-슈발리에 조약으로도 불린다. 두 나라는 경쟁력 있는 상품의 관세를 서로 내렸다. 영국은 프랑스산 포도주와 완제품에 대한 관세를 철폐했고, 프랑스는 영국의 면직물류와 같은 1차 생산품과 공산품 관세를 기존의 절반 정도인 30퍼센트 수준으로 내렸다. 10년마다 갱신 여부를 논의하고 발효된 지 5년이 지난 후에는 관세 상한선을 25퍼센트로 묶어두기로 합의했다. 이 조약은 근대적 의미에서 최초의 통상협정이었다.

2차대전 후 설립된 관세및무역에 관한 일반협정(GATT)에 적용된 최혜국대우(Most Favoured Nation) 원칙이 1860년 이 조약에 이미 적용되었다. 조약 당사국이 다른 국가와 교역할 때 부여하는 최상의 대우를 조약 상대국에게도 해준다는 원칙이다. 이 조약으로 영국과 프랑스의 교역은 두 배 이상 늘어났다. 이후 유럽 여러 나라들이 유사한 통상조약을 체결했다. 1860년부터 10년간 유럽 안에서 120건이 넘는 '두 나라 간의 통상조약'이 체결되었다. 이처럼 영국은 1860년대부터 자유무역을 주창하고 선도했다. 홈즈 소설이 나온 1880년대와 1890년대에는 자유무역이 영국 사회에 확고하게 자리잡았다.

각 분야의 자유무역을 뒷받침한 것은 교통과 통신의 발달이었다. 영국은 1850년대에 이미 1만 킬로미터가 넘는 철로를 부설했다. 정기 여객선은 사람뿐만 아니라 미국 대평원의 값싼 곡물도 영국으로 실어날랐다. 신대륙의 값싼 곡식이 자유무역 덕분에 수입되어 영국은 식량 부족 문제를 해결할 수 있었다.

그런데 결혼시장에서만큼은 자유무역이 영국 여성에게 불리하다는 우려가 있었다. 일부 영국인은, 부유할지언정 '근본이 없어' 보이는 미국 여성이 가난한 영국 귀족과 결혼하는 것을 달갑지 않게 생각했다.

12장

❨ 심령주의 ❩

"탐정사무소는 현실의 일을
처리하는 곳이어야 하네"

"모티머 씨가 보시기에 다트무어 황무지에
어떤 악령이 깃든 것 같으니 바스커빌가 사람들이
위험하다는 것이지요?"

— 『바스커빌가의 사냥개』

"그가 여기 있어요."

1930년 7월 13일 런던 중심가의 앨버트 홀. 6,000명이 넘는 사람들이 몰려들었다. 이틀 전 장례식을 치른 코난 도일의 추모식이 별도로 열렸기 때문이다. 팬 중에는 홈즈의 애독자는 물론이고 심령주의자들도 꽤 많았다. 코난 도일이 영국판 드레퓌스 사건에 뛰어들어 무죄를 입증해준 조지 애달지 변호사도 참석했다.

무대 중앙에는 미망인 진 레키^{Jean Leckie}가 앉았다. 이상하게도 바로 옆에 빈 의자가 덩그러니 놓여 있다. 진 옆에 있던 한 여성이 갑자기 "그가 여기 있어요"라고 소리쳤다. 죽은 자와 소통한다는 이 영매는 곧바로 진에게 귓속말로 속삭였다. 그러고는 호기심에 가득 찬 조문객들에게 "코난 도일이 개인적인 메시지를 주었어요. 미망인에게 전달했지만 공개할 수는 없습니다. 코난 도일은 야회복을 입고 있었어요. 똑똑히 봤습니다"라고 말했다.

냉철한 이성의 소유자이자 과학수사의 표본 셜록 홈즈를 창조했던 코난 도일은 말년에 심령주의에 심취했다. 심령주의는 사후세계가 존재하고 영매를 통해 사자死者와 소통할 수 있다는 일종의 유사과학이다. 코난 도일은 온갖 비난에도 굴하지 않고 이를 전파하기 위해 9만 킬로미터가 넘는 해외 강연도 기꺼이 다녔다.

코난 도일은 1917년 심령주의자임을 공개적으로 밝혔다. 하지만 전기작가 라이셋은 『주홍색 연구』가 출간된 1887년에 그가 이미 심령주의자가 되었다고 본다. 독실한 가톨릭 신자인 어머니를 존중해 드러내려 하지 않았을 뿐이라고 주장한다.

코난 도일이 첫 작품을 발표했을 때부터 심령주의를 따랐기 때문에 60편의 '경전' 곳곳에 그 흔적이 나타난다. 과학과 심령주의의 갈등도 심심찮게 발견할 수 있다. 코난 도일은 냉철한 이성 기계 홈즈를 차마 심령주의자로 만들 수는 없었다. 대신 주변 캐릭터들의 입을 빌려 유사과학을 마음껏 떠들게 했다.

/ 거대한 사냥개의 발자국 /

"홈즈 씨, 시신에서 좀 떨어진 곳에 엄청나게 큰 사냥개의 발자국이 있었습니다."

1901년 8월부터 이듬해 4월까지 《스트랜드》에 연재되어 선풍적인 인기를 끌었던 『바스커빌가의 사냥개』 2장 말미에 나오는 문장이다. 한밤중 황량한 황무지 인근에서 발견된 시신 주변에서 이런 발자국이 나왔다니! 책에는 이렇게 묘사되어 있다. "곳곳에 늪이 있고 기암괴석이 널려 있는 곳에서 일반 사냥개 발자국보다 몇 배 큰 발자국이 선명하게 찍혀 있었다."

사건의 경위는 이렇다. 다트무어의 황무지 근처에 살던 귀족 찰스 바스커빌 경이 어두운 밤 집 근처에서 숨진 채 발견되었다. 그의 주치의 제임스 모티머 박사가 홈즈에게 사건을 의뢰하러 와서 환자의 사망 경위를 이야기한다. 검시관들은 심장병으로 사망했다고 결론내렸으나 석연치 않은 점이 있다. 원인 모를 공포로 안면 근육이 너무 흉측하게 일그러져 있어 처음에 신원을 확인하는 데에도 어려움을 겪었다. 게다가 시체 바로 옆에 아주 선명하고 또렷한 발자국이 있었다. 사람의 것이 아닌 거대한 사냥개의 발자국이었다. 사람들은 가문의 저주가 다시 시작되었다며 공포에 떨었다.

주치의가 설명한 바스커빌 가문의 저주는 공포스럽다. 17세기 중반 대지주 귀족이었던 휴고는 난폭했다. 마음에 두었던 자작농의 딸을 납치해 욕보이려 했으나 그녀는 화급히 황무지 쪽으로 도망쳤다. 휴고가 사냥개를 풀어놓고 말을 휘몰아 미친 듯이 쫓아갔지만 그녀는 극심한 피로와 공포를 견디지 못하고 숨졌다. 그런데 어디에서 나왔는지 모를 엄청난 크기의 사냥개가 그녀가 숨진 인근에서 휴고의 목덜미를 사정없이 물어뜯었다. 가엾은 처녀를 추적한 사냥개보다 몇 배나 몸집이 큰 흉측한 동물이었다. "이 세상의 개라고 하기에는 엄청나게 컸다." 개를 본 휴고의 친구 세 명은 공포에 시달리며 평생 온전하게 살지 못했다.

이야기를 듣고 난 홈즈는 하품을 하며 담배 꽁초를 벽난로에 집어던졌다. "옛날 괴담 수집가에게나 흥미를 끌 것"이라며 시큰둥한, 좀 무례한 반응을 보인다. 어디 첨단 과학 시대에 몇백 년 전의 저주를 최근 사망한 사건과 연관짓느냐는 힐난이다. 이성 기계인 홈즈다운 태도다.

계속해서 홈즈는 왜 사건 직후 바로 오지 않았느냐며 따져 묻는다. 주치의는 마을 사람들이 전설에 나오는 개와 비슷한, 몸에서 빛이 나는 거대한 개를 보았다기에 너무 두려워 이제야 오게 되었다고 말한다.

과학적인 사고에 익숙한 주치의가 어떻게 그런 초자연적인 생명체를 믿느냐고 홈즈가 비아냥하듯 묻자 의사 모티머는 "아무리 명민하고 경험이 풍부한 탐정이라도 해결할 수 없는 분야가 있습니다. 뭘 믿어야 할지 모르겠습니다"라고 대답하며 둘의 논쟁이 한동안 이어진다.

"저는 이제껏 현실 세계만을 수사해왔습니다. 미약하나마 악과 싸워왔습니다. 그런데 악마와 싸우는 일은 너무 벅찬 일일 듯하네요. 그렇지만 모티머 씨도 개의 발자국은 눈에 보이는 현실임을 인정해야 합니다."(홈즈)

모티머가 대답한다. "전설의 사냥개는 사람의 목을 물어뜯는 존재라고요. 그리고 악마입니다."

상속자 헨리 경을 보호하고자 왓슨이 현장에 급파된다. 황무지 인근 바스커빌 가문의 대저택에 머물며 주변을 샅샅이 조사하던 왓슨조차도 반신반의한다. 하지만 사냥개가 울부짖는 듯한 소리를 두 번이나 들었기 때문에 이 개가 전설에 나오는 초자연적인 존재는 아니라고 판단한다. 왓슨은 현장 조사를 기록한 일기에 찰스 경의 죽음이 사냥개 때문인 듯하다고 썼다. 주치의 모티머나 인근 거주 주민들은 전설의 사냥개라고 여길 수 있겠으나 자신은 그렇지 않다고 자기 암시를 한다. 냉철한 이성의 소유자 홈즈의 대리인이기 때문이다. 그는 다음과 같은 합리적 의심을 끊임없이 내뱉는다.

"하지만 사실인 걸 어떻게 하나? 황무지에서 울부짖는 소리를 두 번이나 들었다. 황무지에 거대한 사냥개가 살고 있다고 가

칠흑 같은 밤, 헨리 경의 목을 문 사냥개에게 홈즈가 권총을 발사하고 있다.

정하면 많은 것이 설명이 된다. 그렇다면 이 사냥개는 어디에 숨어 있고, 어디에서 먹이를 얻고, 어디에서 왔고, 왜 낮에는 본 사람이 한 명도 없을까? 그 사냥개가 실제로 있다고 생각하든 유령 사냥개라고 생각하든 당혹스럽기는 마찬가지다."

홈즈가 현장에 합류하고 왓슨과 힘을 합쳐 사냥개의 정체를 밝혀낸다. 글의 마지막까지 초자연적인 현상을 믿는 사람들, 반면에 이에 맞서 냉철한 이성으로 해결하려는 사람들의 대결이 긴장감을 유지하며 독자를 사로잡는다. 광활하고 스산한 다트무어의 황무지가 시종 두려움을 증폭시키는 소설이다.

/ 심령주의와 과학의 대결 /

초자연적 힘과 과학의 대결은 바스커빌 가문의 사냥개에 그치지 않는다.

사람의 피를 빨아먹고 영생한다는 드라큘라는 19세기부터 문학 작품에 자주 등장했다. 영국 소설가 브램 스토커Bram Stoker 는 1897년에 『드라큘라』를 출간했다. 루마니아 트란실바니아 지역에 전해 내려오는 드라큘라 백작 이야기를 다루었다.

이즈음에 발표된 '경전'에도 드라큘라 이야기가 나온다. 12 장 제목에 인용된 "탐정사무소는 현실의 일을 처리하는 곳"이라는 표현은 '사건집'편의 「서식스의 흡혈귀」 초반에 나온다. 사건 발발은 1896년이다. 당시 영국에서 상식으로 통용되던 뱀파이어에 대한 인식을 엿볼 수 있다.

홈즈는 사건 파일을 뒤져 헝가리에서의 흡혈귀 행동, 트란실바니아의 흡혈귀 등을 거론하며 파일을 집어던진다. "심장에 대못을 박아야만 무덤에서 나오지 못하게 만들 수 있다는, 그 걸어다니는 시체에 대해 우리가 뭘 알 수 있겠나? 완전히 미친 짓이지"라며 한심하게 생각한다. 왓슨은 "죽은 사람뿐만 아니라 살아 있는 사람도 흡혈귀 같은 습성을 지닐 수 있지 않나? 가령 젊음을 되찾기 위해 어린아이의 피를 빨아먹는 노인 이야기처럼 말일세"라고 홈즈의 무료함을 달래주려 한다. 이 말이 「서식스의 흡혈귀」의 전개를 얼핏 암시한다. 살아 있는 사람도 이런저런 이유로 흡혈귀처럼 행동할 수 있다고 왓슨은 어필한다.

한 어머니가 자신이 낳은 갓난아기의 목을 빨다가 남편에게 발각되었는데 어쩐 일인지 남편을 절망에 가득 찬 눈으로 쏘아볼 뿐 도통 말이 없다. 게다가 아내는 전처의 십 대 아들을 때리기까지 했다.

홈즈는 의뢰인의 집에서 몸짓이 이상한 스패니얼 종의 개를 발견했다. 개의 뒷발은 비정상적이었고 꼬리가 땅에 질질 끌렸는데 아무도 원인을 모르고 단지 마비 증세라고 할 뿐이다. 의뢰인이나 하인들은 부인이 흡혈귀가 되었다며 두려워한다. 하지만 홈즈는 질투심에 휩싸인 아들이 독을 써서 아기를 위험에

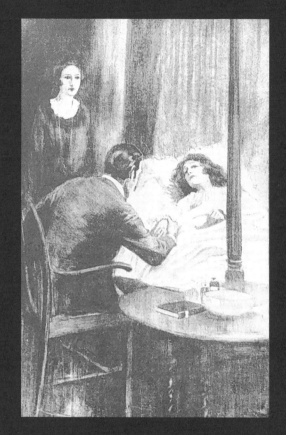

흡혈귀로 오인받은 부인을 왓슨이 만나고 있다.

빠뜨렸음을 알아낸다. 이를 해독하려고 어머니가 아기의 목을 빨 수밖에 없었다. 전처의 아들은 미리 개에게 독을 써서 실험을 했던 것이다. 비정상적인 개가 사건 해결의 실마리가 되었다.

'마지막 인사'편의 「악마의 발」에서도 초자연적인 힘과 과학의 대결이 펼쳐진다. 전날 유쾌하게 대화하고 카드놀이를 했던 세 사람이 다음날 사고를 당했다. 여성은 숨진 채 발견되었고 건장한 두 오빠는 정신이 나간 채 숨진 여동생 옆에서 웃고 소리 지르면서 노래를 부르고 있었다. 세 사람의 얼굴에는 엄청난 공포심이 가득했다. 아무런 침입 흔적도 없었고 어제 저녁과 비교해 가구 배치 등이 달라진 점도 없었다. 홈즈는 설명을 듣고 "외견상 초자연적인 사건처럼 보인다"고 운을 떼지만 여러 가설을 세워놓았다. 현장 발견자는 '악마의 소행'이라며 두려워한다.

며칠 후 이 동네에 사는 한 주민도 사망했는데 죽은 사람의 표정이나 사후 징후 등이 앞서 숨진 여성과 비슷했다. 사망자는 첫 사건을 발견하고 홈즈에게 달려온 사람의 친척이었다. 연이어 유사한 사망 사건이 발생하자 교구 목사는 "우리는 악마에 씌었어요. 우리 교구에 악마가 왔습니다. 사탄이 왔다고요"라며 어찌할 바를 모른다.

사건이 발생한 곳은 밀폐된 공간이었다. 그곳에 있던 사람들이 난로를 피웠다는 점, 역한 냄새가 났다는 점이 두 사건의 공통점이다. 홈즈는 사건 현장에서 타고 남은 가루를 일부 회수해 조사했다. 가루는 아프리카 현지인들이 '악마의 발'이라 부르는 독이었다. 홈즈와 왓슨도 그 독약에 거의 죽을 뻔했다. 두 사람은 자칫 잘못하면 목숨을 잃을 수도 있었지만 독으로 실험을 감행하고 미스터리를 과학적으로 규명한다. 목숨을 담보로 한, 과학의 승리였다. 이처럼 홈즈는 철저한 이성의 대변자로 그려진다.

홈즈에 매료된 독자들은 창조주 코난 도일이 말년에 심령주의자로 활동했다는 사실을 믿을 수 없어 한다. 하지만 사실은 사실이다. 크게 실망한 홈즈 팬들은 대신에 '경전'을 읽고 분석하는 데에만 충실하자고 조언하기도 한다. 냉철한 이성주의자이자 심령주의자라니! 정말 어울리지 않는 조합이다.

"이것을 믿지 않으면 무엇을 믿겠는가?"

텔레파시(telepathy).

　말이나 손짓, 몸짓을 사용하지 않고 상대방의 마음을 읽거나 상대방과 소통하는 것을 말한다. 어원을 보면 tele는 멀다는 의미이고, pathy는 감정이나 느낌을 말한다. 멀리 있는 것을 느낀다는 뜻이다. 이 단어는 1886년 케임브리지 대학교 학자들이 처음 사용했고 이듬해 옥스포드 영어사전에 등재되었다.

　신조어는 사회의 변화를 반영한다. 갑자기 이 단어가 출현하게 된 경위는 이렇다. 1882년 케임브리지 대학교 학자들이 사이키연구회(The Society for Psychical Research, SPR)를 설립했다. 과학으로 설명이 어려운, 초감각적 인식 등을 연구해보자는 목적이었다. psychical은 우리 감각기관으로 인식이 어려운 현상을 뜻한다. 4년 후 이 협회는 보고서를 발간했다. 수백 명을 인터뷰해 초감각적 인식을 독심술, 투시력, 유령이 나오는 집, 사망의 순간에 출현하는 영 등 수십 가지로 나누어 체계적으로 분류했다. 여기에 텔레파시가 한 유형으로 나온다.

우연하게도 텔레파시가 사전에 등재된 1887년 6월 중순에 코난 도일은 심령주의자가 되었다. 그는 몇 년 전부터 이에 관심을 갖고 지인들과 만나 '테이블 두드리기' 실험을 했다. 심령주의자들은 죽은 사람과 테이블을 두드려 대화할 수 있다고 생각했다. 그들이 영매를 통해 테이블을 두드리면, 곧 테이블이 되받아 응답한다. 테이블의 흔들리는 횟수가 글자를 표시한다. 코난 도일은 수십 차례 이런 모임에 참석했다. 1887년 6월 중순 영매가 자신이 읽으려 한 소설을 정확히 맞추자 이후 굳건한 심령주의자가 되었다. 탐정소설에서 극적 요소를 더하기 위해 공포나 초자연적인 힘을 조금씩 이용하던 그가 심령주의자가 된 후 어떤 비난이나 공격에도 흔들리지 않는 맹신자가 되었다.

코난 도일은 합리적인 이성주의자와 심령주의는 모순이 아니라고 여겼다. 심령주의는 과학 혹은 최소한 과학의 자연스런 확대라고 생각했다. 그는 아일랜드 가톨릭 신자의 집에서 성장한 후 의사가 되었기에 과학적 사고방식을 체득한 합리론자였다. 그러나 우주는 광활하기에 이성으로 파악할 수 없는 그 무언가가 있다고 생각하게 되었고 심령주의가 그의 이런 공백을 메워주었다.

1927년 코난 도일은 미국 방송과 약 10여 분 정도의 인터뷰를 가졌다. 처음 5분은 셜록 홈즈를 창조하게 된 계기, 나머지는 심령주의에 할 애했다. 여기에서 그는 실험을 통해 결과가 나오면 과학적 사실을 신뢰하듯 자신이 요정도 만나고 1차대전 때 숨진 아들이나 동생과도 대화를 했기 때문에 심령주의를 믿는다고 밝혔다. 코난 도일은 자서전 말미에서 숨진 아들과의 대화를 옆에서 들은 여섯 명의 증인이 있다며 "이것을 믿지 않으면 무엇을 믿겠는가?" 하고 반문했다.

심령주의는 1840년대 후반 미국의 폭스 자매로부터 시작되었고, 영국 빅토리아 시대에 전파되어 널리 퍼졌다. 19세기에 과학이 급속하게 발전하면서 인간은 오랫동안 속박해왔던 종교의 손아귀에서 벗어나기 시작했다. 마음이 허해진 사람들은 다시 마음을 채울 그 무언가를 갈구하게 된다. 이 빈틈을 심령주의가 파고들었다.

학자 중에서도 일부는 이런 초자연적 현상에 관심을 가졌으나 대개는 거리를 두고 회의적인 시각으로 바라보았다. 코난 도일은 체포된 여러 영매의 석방을 요구하는가 하면 나아가 지역 하원의원에게 영매 처벌을 가능하게 한 부랑인법을 개정해달라고 간청했다.

코난 도일은 자신의 유명세를 이용해 전파 여행에도 적극 나섰다. 1920년부터 3년간, 약 9만 킬로미터의 강의 여행에 아내와 아이들을 데리고 다녔다. 25만 명이 넘는 사람들과 이야기를 나누었다고 자서전에 썼다. 호주와 뉴질랜드, 미국의 주요 도시, 프랑스 파리 등에 들렀다. 1925년에는 회장으로서 파리에서 '세계심령학회' 회의를 주재했다.

"심령주의의 수많은 경험을 기록했다. 물론 일반 대중은 여기에 아무런 관심도 없다. 그러나 우리가 투쟁해온 여러 주장은 2,000년 인류 역사에서 가장 중요한 것이다. 인간 사고의 진보를 이해할 말한 충분한 지성을 지닌 사람들에게는 이런 선구자들의 노력이 관심을 끄는 날이 올 것이다. 아주 빨리 말이다."(『자서전』)

『자서전』 말미에 그는 확신범처럼 이렇게 적었다. 하지만 그런 날은 오지 않았다.

코난 도일이 가족을 대동하고 미국에서 '성 베드로'처럼 심령주의를 전파하러 다닐 때, 1922년 4월 10일자 《뉴욕타임스》는 사설에서 그를 '애처롭다'고 적었다.

"셜록 홈즈 이야기로 영어를 읽는 독자들에게 그렇게 많은 기쁨을 준 저자가 심령주의에 전력투구하는 모습은 정말이지 애처롭다. 죽은 사람과 대화하고 그들의 모습을 눈앞에서 봤다고 말하자 강연 참석자들은 애처로움만을 느꼈다."

홈즈는 불후의 명탐정으로 독자들에게 오래오래 남아 있고, 앞으로도 그럴 것이다. 하지만 그를 세상에 선보인 작가 코난 도일은 모순에 찬 미스터리한 캐릭터. 그의 피조물조차도 그를 온전히 이해하기는 어려웠을 것이다.

/ 참고문헌 /

계정민, 『범죄소설의 계보학: 탐정은 왜 귀족적인 백인 남성인가』(서울: 소
　　나무, 2018).

설혜심, 『애거서 크리스티 읽기: 역사가가 찾은 16가지 단서』(서울: 휴머
　　니스트, 2021).

송성미 옮김, 『셜록 홈즈』 시리즈 10권(서울: 미르북컴퍼니, 2014).

이다혜, 『코난 도일: 셜록 홈스를 창조한 추리소설의 선구자』(서울: Arte,
　　2020).

이영석, 『영국 제국의 초상: 19세기 말 영국 사회의 내면을 읽는 아홉 가지
　　담론들』(서울: 푸른역사, 2009).

정태원 옮김, 『셜록 홈즈』 시리즈 10권(서울: 시공사, 2013).

Arthur Conan Doyle, The Complete Sherlock Holmes https://sherlock-
　　holm.es/.

Arthur Conan Doyle, *Memories and Adventures*(Cambridge: Cambridge
　　University Press, 2012).

Arthur Conan Doyle, Owen Dudley Edwards (ed.), *The Oxford Sherlock
　　Holmes*,(Oxford:Oxford University Press, 1993).

A Study in Scarlet, Vol. 1.

The Sign of the Four, Vol. 2.

Valley of Fear, Vol. 3.

The Hound of the Baskervilles, Vol. 4.

The Adventures of Sherlock Holmes, Vol. 5.

The Memoirs of Sherlock Holmes, Vol. 6.

The Return of Sherlock Holmes, Vol. 7.

His Last Bow, Vol. 8.

The Case Book of Sherlock Holmes, Vol. 9.

Umberto Eco and Thomas A. Sebeok (eds.), *The Sign of Three: Dupin, Holmes, Peirce*(Bloomington and Indianapolis:Indiana University Press, 1983), 김주환 · 한은경 옮김, 『셜록 홈스, 기호학자를 만나다』(서울: 이마, 2015).

Leslie S. Klinger(Editor), *The New Annotated Sherlock Holmes*, vol. 1, vol. 2, vol. 3 (New York: W. W. Norton & Company, 2004).

Andrew Lycett, *The Man who Created Sherlock Holmes: The Life and Times of Sir Arthur Conan Doyle*(London: Free Press, 2007).

Ransom Riggs, *The Sherlock Holmes Handbook: The Methods and Mysteries of the World's Greatest Detective*(London:Quirk Book, 2009).

Andrew Sanders, *The Short History of English Literature*(Oxford:Oxford University Press, 1994), 정규환 옮김, 『옥스포드 영문학사』(서울:동인, 2003).

Daniel Smith, *The Sherlock Holmes Companion*(London:Castle Books, 2011).

E. J. Wagner, *The Science of Sherlock Holmes: From Baskerville Hall to the Valley of Fear, the Real Forensics Behind the Great Detective's Greatest Cases*(New York:Wiley, 2006).

1843 Magazine, "FANDOM: The curious incident of Sherlock Holmes's real-life secretary," Oct. 221. https://www.economist.com/1843/2021/10/06/ the-curious-incident-of-sherlock-holmess-real-life-secretary

The Times, "The Case of Oscar Slater," 20 August 1912.

아서 코난 도일의 미국 방송사 인터뷰(1927년 여름, 육성과 자막 있음) https://www.youtube.com/watch?v=o2okclRid4M&t=4s

Literary Hub, "The 12 Best Sherlock Holmes Stories, According to Arthur Conan Doyle," 22 May 2018.

After All, He Should Know https://lithub.com/the-12-best-sherlock-holmes-stories-according-to-arthur-conan-doyle/

George Grella, "Murder and Manners: The Formal Detective Novel," *NOVEL: A Forum on Fiction*, Vol. 4, No. 1 (Autumn, 1970), pp. 30-48.

Susan Cannon Harris, "Pathological Possibilities: Contagion and Empire in Doyle's Sherlock Holmes Stories." *Victorian Literature and Culture*, vol. 31, no. 2, Cambridge University Press, 2003, pp. 447 – 466.

ELIZABETH C. MILLER, "PRIVATE AND PUBLIC EYES: Sherlock Holmes and the Invisible Woman." Framed: The New Woman Criminal in British Culture at the Fin de Siecle, University of Michigan Press, 2008, pp. 25 – 69.

파운드화를 현재 가치로 환산하는 정보는 영국 국립문서보관소(National Archives)가 제공한다. 당시 물가와 현재 물가 비교가 가능하다. 1270년 부터 2017년까지 환산이 가능하다. https://www.nationalarchives.gov. uk/currency-converters

https://bakerstreetbabes.com. 주로 영국과 미국에서 활동 중인 여성 셜록 키언들의 모임. 팟캐스트도 운영 중이다.

네 편의 장편 소설

『주홍색 연구(A Study in Scarlet)』

1887년. 복수, 살인. 미 유타주의 몰몬교와 관련해 런던에서 살인 사건 발생. 홈즈와 동료 왓슨 첫 등장.

『네 개의 서명(The Sign of the Four)』

1890년. 복수, 살인. 주무대는 식민지 인도. 영국에서 살인 사건 발생. 왓슨은 의뢰인 메리 모스턴과 결혼하게 됨.

『바스커빌가의 사냥개(The Hound of the Baskervilles)』

1901년. 데본셔 다트무어 황무지 인근의 살인 사건. 저주의 사냥개 전설을 이용. 심령주의가 반영됨.

『공포의 계곡(The Valley of Fear)』

1914년. 살인. 모리아티의 범죄 조직망 활동. 밀폐된 저택에서 살인 사건 발생. 미국의 핑커튼 탐정사무소 첫 등장.

『셜록 홈즈의 모험(The Adventures of Sherlock Holmes)』

「보헤미아 왕국의 스캔들(A Scandal in Bohemia)」
　　1891년. 왕의 스캔들. 오페라 여가수 아이린 애들러 등장.

「빨간 머리 연맹(The Red-Headed League)」
　　1891년. 사기. 더시티에 소재한 은행 지하의 금괴 털기 시도.

「사라진 신랑의 정체(A Case of Identity)」
　　1891년. 사기. 유산을 둘러싼 사건. 친어머니와 의붓아버지의 음모.

「보스콤 계곡의 미스터리(The Boscombe Valley Mystery)」
　　1891년. '모험'편 중 최초의 살인. 식민지 호주의 어두운 과거가 사건
의 배경.

「다섯 개의 오렌지 씨앗(The Five Orange Pips)」
　　1891년. 살인. 네 번 진 홈즈가 다시 한 번 패배. 의뢰인을 보호하지 못
함. 미국 백인우월단체 KKK와 연관.

「입술이 비뚤어진 사내(The Man with the Twisted Lip)」
　　1891년. 좋은 가문의 가장이 거지 행세로 갑부가 됨. '더시티'가 주
무대.

「블루 카벙클(The Adventure of the Blue Carbuncle)」
　　1892년. 보석 도난 사건. 홈즈가 진범을 풀어줌. 홈즈가 판사 역할을
수행해 비판을 받음.

「얼룩무늬 밴드(The Adventure of the Speckled Band)」

1892년. 코난 도일이 최고의 작품으로 꼽음. 연못 독사를 활용한 살인 사건.

「엔지니어의 엄지(The Adventure of the Engineer's Thumb)」

1892년. 상해. 독일인들의 위조 지폐 관련 사건. 기술자들을 납치해 감금함.

「독신 귀족(The Adventure of the Noble Bachelor)」

1892년. 귀족 가문에서 일어난 결혼 파기 사건. 가난한 영국 귀족과 부유하지만 뿌리가 없는 미국 여성의 결혼 유행이 반영됨.

「버릴 코로넷(The Adventure of the Beryl Coronet)」

1892년. 도난당한 귀족의 관 찾기. 관을 담보로 돈을 대출해준 은행가의 집안이 연루됨.

「너도밤나무 집(The Adventure of the Copper Beeches)」

1892년. 납치, 감금. 신여성의 모델로서 가정교사 바이올렛 헌터 등장.

『셜록 홈즈의 회고록(The Memoirs of Sherlock Holmes)』

「실버 블레이즈(Silver Blaze)」

1892년. 강력한 후승 후보였던 경주마 실종. 조련사가 숨진 채 발견됨.

「소포 상자(The Cardboard Box)」

　　1893년. 살인. 절단된 귀 두 개가 소포 상자로 배달됨. 너무 잔인해서 '회고록'편 영국판에는 없고 미국판에 실림. 영국판은 '마지막 인사'편 에 있기도 함.

「누런 얼굴(Yellow Face)」

　　1893년. 미국 재혼녀의 의심스런 행동. 당시 만연한 편견 때문에 숨진 전 남편의 흑인 아이를 숨김.

「주식 중개인(The Stockbroker's Clerk)」

　　1893년. 더시티를 둘러싼 증권사 강도와 신원 사기.「빨간 머리 연맹」, '사건집'편의「세 명의 개리뎁」과 유사함.

「글로리아 스콧호(The "Gloria Scott")」

　　1893년. 호주 식민지로 이송되던 죄수의 선상 반란 사건. 홈즈의 암 호 해독.

「머스그레이브 전례문(The Musgrave Ritual)」

　　1893년. 홈즈의 대학 동기인 귀족이 집사가 사라졌다며 사건 의뢰.

「라이기트의 수수께끼(The Reigate Squire)」

　　1893년. 강도와 살인. 필적 감정. 시골 지주 간의 분쟁.

「등이 굽은 남자(The Crooked Man)」

　　1893년. 전우의 배신. 장편『네 개의 서명』과 유사하게 인도 세포이 반란이 무대임.

「장기 입원 환자(The Resident Patient)」
　　1893년. 살인. 은행 강도들의 배신자 처단.

「그리스어 통역사(The Greek Interpreter)」
　　1893년. 납치와 폭행. 홈즈와 형이 경찰과 함께 출동. 홈즈의 형 마이
　　크로프트의 등장.

「해군 조약문(The Naval Treaty)」
　　1893년. 56편의 단편 중 가장 긴 소설.「두 번째 얼룩」과 유사하게 국
　　가 기밀 문서 분실. 홈즈가 국가를 위해 봉사.

「마지막 사건(The Final Problem)」
　　1893년. 홈즈와 최대 적수 모리아티 교수의 대결. 홈즈의 죽음으로 글
　　이 마무리됨.

『셜록 홈즈의 귀환(The Return of Sherlock Holmes)』

「빈집의 모험(The Adventure of the Empty House)」
　　1903년. 홈즈의 재등장. 모리아티 수하들의 홈즈 장거리 총격 사살
　　시도.

「노우드의 건축업자(The Adventure of the Norwood Builder)」
　　1903년. 살인 미수와 불법 공모. 은퇴한 건축업자가 완전범죄를 획책
　　해 젊은 변호사를 함정에 빠뜨림.

「춤추는 사람(The Adventure the Dancing Men)」

　　1903년. 총격 살인. 처음 보는 암호 해독. 미국 범죄자가 영국으로 건너옴. 코난 도일이 대선배 에드거 앨런 포의 「황금벌레」에 바치는 글로 씀.

「자전거 타는 사람(The Adventure of the Solitary Cyclist)」

　　1904년. 납치 폭행. 남아공 유산 관련 사건. 여성 가정교사가 등장함.

「프라이어리 학교(The Adventure of the Priory School)」

　　1904년. 귀족 자제의 납치와 살인. 홈즈가 6,000파운드를 벌게 됨.

「블랙 피터(The Adventure of Black Peter)」

　　1904년. 탐욕과 공갈. 포경선의 선장이 살해됨. 주식 정보를 기록한 노트북이 발견됨.

「찰스 오거스터스 밀버튼(The Adventure of Charles Augustus Milverton)」

　　1904년. 공갈 사기, 살인. 전문 협박범 밀버튼 등장.

「여섯 개의 나폴레옹 상(The Adventure of the Six Napoleons)」

　　1904년. 살인과 주거 침입, 절도. 이탈리아 마피아와 연관된 사건.

「세 학생(The Adventure of the Three Students)」

　　1904년. 대학 시험 문제 유출 사건. 대학 생활을 세밀하게 묘사해 홈즈의 대학 생활 추론 가능. 세인트루크 대학교라는 가공의 대학 등장.

「금테 코안경(The Adventure of the Golden Pince-Nez)」

　　1904년. 살인. 망명 러시아 귀족이 혁명 동료들을 배신함.

「실종된 스리쿼터백(The Adventure of the Missing three-quarter)」

　　1904년. 케임브리지 대학교 럭비 주전 선수가 시합 전날 실종됨. 홈즈
　　가 케임브리지에서 공부했다는 유력한 증거로 제시됨.

「애비 그레인지 저택(The Adventure-of the Abbey Grange)」

　　1904년. 살인. 홈즈가 판사 역할. 폭력적인 영국 귀족과 결혼한 호주
　　출신의 신부 사이에 벌어진 사건. 홈즈가 정당방위를 인정해 풀어줌.

「두 번째 얼룩(The Adventure of the Second Stain)」

　　1904년. 극비 문서 도난 사건. 코난 도일이 3개월 휴식 후 출간. 은퇴
　　전의 마지막 사건. 애드거 앨런 포의 「도난된 편지」와 유사. 극비 문서
　　인 편지를 얻어 정보를 탈취하려는 적국 스파이의 등장.

『셜록 홈즈의 마지막 인사(His Last Bow)』

「위스테리아 로지(The Adventure of Wisteria Lodge)」

　　1908년. 살인 및 납치, 복수, 영국으로 도주한 남미 독재자와 그를 단
　　죄하려는 피해자들을 다룸. 책머리에서 왓슨은 1차대전이 임박해 은
　　퇴 중인 홈즈가 다시 정부를 위해 일하게 되었다고 소개함.

「레드 서클(The Adventure of the Red Circle)」

　　1911년. 살인. 미국에 진출한 이탈리아 마피아 관련 사건. 마피아 조
　　직을 그만둔 사람을 단죄하려는 마피아들이 배신자를 런던까지 추적.

「브루스 파팅턴 잠수함 설계도(The Adventure of the Bruce-Partington Plans)」
   1908년. 절도 및 살인. 잠수함 전의 중요성이 드러난 사건.

「죽음을 앞둔 탐정(The Adventure of the Dying Detective)」
   1913년. 살인과 살인 미수. 식민지에서 온 전염병이라는 편견이 반
   영됨.

「프랜시스 커팩스 여사의 실종(The Adventure of Lady Francis Carfax)」
   1911년. 납치와 살인 미수. 스위스 등 유명한 유럽 관광지를 오가며
   사건이 전개됨.

「악마의 발(The Adventure of The Devil's Foot)
   1910년. 살인 및 복수 살인. 원주민들의 독약을 사용한 살인. 탐정 듀
   오가 독약 실험을 통해 사인을 밝힘.

「마지막 인사(His Last Bow)」
   1917년. 은퇴하여 양봉에 열중하던 홈즈가 1차대전 발발 직전에 다시
   조국을 위해 봉사. 추리보다 첩보 소설에 가깝다는 비판을 받음. 영국
   에서 암약한 독일 거물 스파이를 체포함.

『셜록 홈즈의 사건집(The Case-book of SH)』

「유명한 의뢰인(The Adventure of Illustrious Client)」
   1925년. 오스트리아의 흉악범 그루너 남작 등장. 부유한 여자를 유혹

해 사고사로 위장. 모리아티, 찰스 오거스터스 밀버튼 등과 함께 '경전'의 대표적인 악인.

「창백한 군인(The Adventure of the Blanched Soldier)」
1926년. 범죄 행위가 없는 사건. 전우의 행방을 찾으려 하지만 알려주지 않고 이상하게 행동하는 전우의 아버지. 보어전쟁을 배경으로 함.

「마자랭의 보석(The Adventure of the Mazarin Stone)」
1921년. 왕실의 보석 도난 사건. 연극을 소설로 각색함.

「토르 다리 사건(The Problem of Thor Bridge)」
1922년. 살인을 가장한 사건. 남미 출신 여성의 다혈질적인 성격이 사건의 원인이라는 시각이 반영됨.

「기어다니는 사람(The Adventure of The Creeping Man)」
1923년. 60대 교수가 프라하에 다녀온 후 이상 행동 증상을 보임. '캠포드'라는 단어가 나옴. 홈즈의 출신 대학에 대한 논쟁을 불러일으킴.

「서식스의 흡혈귀(The Adventure of The Sussex Vampire)」
1924년. 어머니가 어린 자식의 목을 빤 사건. 남미산 독이 나옴. 흡혈귀 논쟁 속에서 과학적으로 원인을 규명함.

「사자의 갈기(The Adventure of Lion's Mane)」
1926년. 은퇴하여 양봉에 열중하던 홈즈가 그곳의 의문사를 수사함. 바닷가의 조류와 해양 생물 묘사가 특징.

「베일을 쓴 하숙인(The Adventure of Veiled Lodger)」
　1927년. 유랑 서커스단에서의 살인과 배신. 절망에 빠져 자살하려는
　여성을 홈즈가 다독여 다시 살아가게 함.

「쇼스콤 고택(The Adventure of Shoscombe Old Place)」
　1927년. 경마. 경마에서 우승해야 산더미 같은 빚을 청산할 수 있는 절
　망적인 귀족이 등장함.

「세 박공 집(The Adventure of The Three Gables)」
　1926년. 강도. 도난당한 편지. 유명 여성이 연관된 스캔들을 파헤침.

「세 명의 개리뎁(The Adventure of Three Garridebs)」
　1925년. 사기와 총격전. 「빨간 머리 연맹」, 「주식 중개인」과 유사. 영국
　으로 건너온 미국 범죄인이 위조 화폐를 회수하려 함.

「퇴직한 물감 제조업자(The Adventure of Retired Colourman)」
　1927년. 스무 살 어린 아내와 의사가 사랑의 도주를 했다며 사건을 의
　뢰한 퇴직한 물감 제조업자 이야기.